# テンカオ

竹村リョウ
TAKEMURA Ryo

文芸社

目次

# 第1章　テッサイ

裏切られた想いだった。予想、いや期待していた臭いはなかった。

ゴトン、という着陸時の衝撃はLCC機特有なのかは知らないが、いまだに慣れない。ガタガタガタ、と滑走路を走ること数十秒。やっと機体は停止して、シートベルトのランプが消えた。添乗員に案内されて機体から降りる際に、僕はタラップの途中で立ち止まった。そして「呼吸」という単語の配列に従って、口をすぼめて細く長く息を吐き出し、鼻孔を広げて鼻から勢いよく外気を吸い込んだ。あれ？

なにも臭わない。あの、ナンバンサイカチのツンとした甘い香りに、シャツが黄ばむほどの濃厚な汗とチューブ式の消炎剤がブレンドされた、この土地でしか味わえない悪臭が漂ってこない。おかしい。僕はもう一度、口をすぼめ息を吐き出そうとしたら、痛っ！

後頭部に衝撃を感じた。この痛みの正体、すなわち凶器がなんなのかは想像がついた。恐らくカギ状にした人差し指か、中指の第2関節だろう。そして、その指の持ち主も分かっている。振り返ると、予想どおり顔中ヒゲで覆われた澤田さんが、仏頂面で立っていた。

「階段の途中で立ち止まるなよ。後ろまでつっかえちゃってるだろ！」

僕はすいませんと言うしかなかった。確かに、澤田さんの後ろには行列が溜まっている。

「なんだ？　まさか郷愁に浸ってるんじゃないだろうね」

上司であり、恩人でもある澤田さんの一言に僕は少し照れた。

「時間がないんだから、立ち止まってないで早く税関を通ろうぜ」


辺りを見回しながら、入国ゲートをくぐる。建物から見る景色や、税関チェックの無愛想で巨大なお姉さんを見ながら、あぁ4年前と変わらない風景もある、と僕は安心した。通路には植え込みのナンバンサイカチが並んでいるが、遠くから見ても造花だと分かったので臭いを嗅ぐことはしなかった。昨年の軍事クーデターを経て、この国も少しは洗練されたのかなと思ったが、基本的にはなにも変わってなかった。


沈みかけていた僕の気分は、少し浮上した。が、今は浮かれている場合じゃないのだ。それにしても、入社2年目にして初の海外取材。まだ単独で記事も書けない僕を、よくも編集長は任せてくれたものだ。

まだ雑誌記者としては新人の僕がスクープ記事、とは言っても業界内ではあるが、「日本人が35年ぶりにムエタイ・ラジャダムナンのタイトル挑戦」の担当を任された理由は、実は僕自身が一番分かっていたのだ。

　そもそも僕が、昨年設立されたばかりの「格闘技ジャーナル社」の目玉企画に抜擢されたのは、決して流暢《りゅうちょう》とは言えないが、なんとか日常会話ができる程度のタイ語を話せる特技を買われたからだ。

　なんのコネクションも持たない弱小出版社が「立ち技格闘技専門誌」という部門で一番になるには、本場に飛び込んで現地の人物と仲良くなるしかない。ということでプロモーターと直接交渉ができる（つまり会話ができる）僕はうってつけだったわけだ。


　さて街並みはどうだろう。僕らは空港からタクシーに乗り、あえて目的地の１㎞くらい手前で降ろしてもらった。澤田さんは、

「ったく、今は雨季だよ。いつ降り出してもおかしくない空じゃんか」

「大丈夫ですよ、あと10分くらいでジムに着くし。それに、この風景の中には澤田さんの被写体も多いんでしょ？」

　報道カメラマンから雑誌記者に転職した澤田さんは、前職のプライドが疼《うず》くのか、しきりにシャッターを切る。建物のヒビを修復した跡とか、側溝のドブとか、そんなもの撮っ

ても、格闘技雑誌に掲載されるわけがないのに。

　突然、振り向いた澤田さんは、

「なあ、いまさら基本的なこと、訊いてもイイか？」

「はあ。なんですか」

「その、ラジャダムナンのベルトって、そんなに凄いのか？　この国にも、いろんなムエタイ（タイ式ボクシング）の団体があって、その数だけチャンピオンはいるんだよな？」

　僕は呆れた。この人は、何年もキックボクシングの取材をしてきて、そんなのも知らんのか。

「ええと……。澤田さんは確かプロレスが好きですよね？　プロレス団体も日本にはたくさんあるでしょうが、その中で歴史もあって、メジャーな団体と言えば？」

「そりゃあ、猪木の新日本と、馬場の全日本だよ。今は分裂したらしいけど」

「そうですよね？　この国も、2大メジャーの団体があって、ひとつは軍部が管理しているルンピニースタジアム、もうひとつは、タイ王室が管理しているラジャダムナンってことです」

「なるほど、分かりやすいな。俺は猪木派だったけど。そんで、今回のラジャダムナンは猪木か？　それとも馬場にあたるのか？」

　そんなの知らねえよ、と僕は心の中で毒づいた。

　そうこうしているうちに目的地「ＲＭライフマートジム」に着いてしまった。おやおや。汚い雑貨屋のイメージしかなかったのに、まるで欧米のスーパーみたいに変貌していた。旅行者向けのデューティーフリーレジまである。

　天井の高い店内は倉庫の様相で、中央をプラッターと呼ばれる小回りの利く電動フォークリフトが往復していた。どういうことだ。昨年にこのジムからフライ級で王者が誕生したので、いくらか潤ったには違いないが、以前よりずいぶんと洗練されていた。

　僕と澤田さんは、店舗入り口の風除室に戻ってインターフォンを押した。お店の陳列棚を横目に歩いていくと、レジの後ろにあった鉄の扉だけは４年前と変わらなかった。

「Hello,Welcome!」と、僕らを迎え入れてくれたのは、昨年からこのジムの会長兼プロモーターを務めるアリージャ・ムンバイさんという女性だ。以前は彼女もムエタイ選手だったが、当時はよっぽど減量がキツかったのか、今はずいぶんと膨れていた。

　それよりも、第一声が英語とは。もっともその一言だけで、あとはタイ語だ。よかった、自分が来た意味があった、と僕はひそかに胸をなで下ろした。

ジムの創設者でもあるラマンダン・ムンバイ氏が脳梗塞で倒れたために、娘のアリージャさんが会長職を急遽引き継いだのが1年前。「運営に忙しくて、ストレスもあったから、あっという間に身体《からだ》が大きくなったのよ！」と、彼女は自虐的に笑って話すのだが、今はそんな話に付き合っている場合じゃない。試合が10日後に控えているからだ。

澤田さんは早々に切り込んだ。

「お話は聞いてるとは思いますが、改めてのお願いです。こちらのジムのチャンピオンである、プンチャイ選手の密着取材をお願いしたいのですが……」

僕が翻訳して伝えると、明らかにアリージャ会長の顔色が変わっていった。

「そうやって、ウチのプンチャイの弱点を探るつもりなの！　相手のユウキに伝えるんでしょ？　そんなスパイみたいな行為、アナタの国では許されてるの？」

彼女は怒っている。僕が澤田さんに訳して伝えると、

「いえいえ、滅相もない！　私たちはあくまでも中立です。チャンピオンの試合までの9日間を取材させていただきたい。それだけなんです」

――滅相もない、か。どう翻訳すべきだろう。

「それに、おたくのプンチャイ選手を、国外のマーケットに知らしめるチャンスですから！　ここはひとつ、コイツの顔も立ててくださいよ」

澤田さんが慇懃《いんぎん》な口調に変えると、彼女の表情が少し柔和になった。

「まぁとにかく、長旅で疲れたでしょ？　とりあえずそこにお座りになって。プンチャイはロードワークに出たばっかりだから、まだまだ戻らないし……」

と、彼女は僕らにアイスコーヒーを出してくれた。僕は経験済みなので驚かなかったが、一口すすった澤田さんは、

「うわぁ甘あっ！」

と声をあげた。そうか、彼にとって東南アジア特有の「砂糖大量の飲み物」は初体験なのか。僕は笑いをこらえたが、彼女は怪訝そうな顔で澤田さんを見ている。

澤田さんはやばいと思ったのか、僕に、

「おい、タイ語で『おいしいですね』ってどう言えばいいんだよ？」

と訊いてきた。

「あ、はい。え〜と『アロォーイ・カァ』ですね」

「アロイ、カー？」

「違います。ロとルの中間の音ですよ。あと、カーじゃなくてカァ」

「アルウオイ、カ？」

「カ、じゃなくてカァですよ」

「か、あ」

「カァ、です」

僕と澤田さんのやりとりを見ていたアリージャさんは大笑いした。

「なによあんたたち、ゲイなの？」

そうか。「カァ」は女性が使う節回しだ。正解は「クラップ」だ。

「いいのよ気を遣わなくても。前にも、提携していたオランダのプロモーターからは、よくこんな甘いモノ飲めるな？　って言われたこともあるし」

根は明るいのだろう。彼女はカカカと白い歯を見せ、しばらく笑っていた。

しかしこの思わぬアクシデントのお陰で、僕らとアリージャ会長の距離は一気に縮まったので、取材の申し込み話はあっけないほどスムーズに進展した。実に幸先の良いスタートと言える。

さっそく、澤田さんは自身が温めていた企画を、アリージャ会長に話し始めた。

「実は私、日本の民放局とは太いパイプがありまして……」

澤田さんの胡散臭い切り口を、僕はなるべくソフトな表現で訳して彼女に伝えた。

「ラジャダムナンの王者と、日本からの最強の挑戦者・ユウキ選手とのタイトル戦をドキュメントにして、日本のテレビで流してもらおうかと。私とコイツが、チャンプとユウキ選手に試合の9日前からそれぞれカメラで追って、当日にはお互いにリング下にカメラを設置して、セコンド目線で試合を映す、といった具合です。もちろん、練習以外のプライベートも追いたいですが」

「面白いじゃない！　それを日本のテレビで流すの？」

そして、

「プンチャイには私から説得するから！」

と彼女は乗ってくれた。僕と澤田さんは胸をなで下ろした。

「それで、アナタは当然、ウチのプンチャイを担当するんでしょ？」

と、彼女は訊いてきた。僕は、

「いえいえ、予定では僕が挑戦者のユウキ選手に密着します。チャンピオンには僕の上司、澤田さんがつきますので……」

「あら？　意外ねえ。だって、アナタがここに来たのは、なにも仕事だけが目的じゃないんでしょ？　ええと、確か明日にはスパーリングに来てくれるわよ……」

　僕は慌てて、

「いえいえ、それはいいです！　今回は僕は新人記者として、初の海外取材で来ているだけですから」

　僕は落ち着いて、

「あの、とりあえず澤田さんは僕とこのジムの関係を知らないので、普通に取材させてやってください」

　彼女はなんだか納得いかない様子だったけど、

「分かったわ。要は、アナタが来ていることを知らせない方がいいってことね」

「すみません」

　謝るのもおかしいが、なんだか面倒なことに巻き込んでしまって申し訳ない想いだ。

澤田さんは、僕と会長のタイ語での会話の中で「サワダ」という単語が2回も出たことに微妙な反応を示していた。まぁとりあえずは、最初の山は越えられた。

そうこうしているうちに、例のラジャダムナン・現役フライ級王者のプンチャイ選手が息を切らしながら戻ってきた。ちょうどいいタイミングだ。

僕は軽い興奮を覚え、早口で、

「あなたに会いたかったです。現役最強のムエタイ戦士とお会いできて、光栄です！」

とタイ語でまくし立てたが、彼は、

「んぁ？　ナイスチューミーチュー」

と、澤田さんよりも酷い英語で反応した。

横では澤田さんが笑っている。まぁまだ、タイ語は練習中だ。タイトルマッチ10日前を控えた選手の練習を邪魔するわけにはいかない。彼はニッと笑うと、踵《きびす》を返して、吊してあるサンドバッグに向かっていった。

「ふーん、ムエタイ用のサンドバッグって細長いな」

「そうですよ。ボクシングと違ってムエタイは足も攻撃するから、バッグもヒザ下までないと意味がないので」

僕は、彼の得意な「ノーモーションからの左ミドル」が身近で見られるのか？　と、ひそかに期待した。

しかし彼は、おもむろにバッグを抱え込んで、「ゴッ・コー」をやり始めた。ゴッ・コーとは、相手の首を抱え込んで、ヒザで腹や背中を連打するムエタイ独自の攻撃のことだ。確かに一流選手のゴッ・コーは見ものだったが、僕は少しがっかりした。これを始めると長いからだ。

「プンチャイ！」

ミットを持った、トレーナーらしき男性がリング上から彼に声を掛けると、彼は無言でリングに上がった。ムエタイ選手の典型である、アップライトスタイルでミットに対峙《たいじ》したのだ。おー、これはチャンス。

僕は、澤田さんを挑発するように、

「あの、彼の左ミドルをシャッターで捉えられますか？」

と訊いてみた。

「俺を馬鹿にしてんのか？」

澤田さんは僕をキッと睨んだ。

「俺はアフガンでもシリアでも、空爆や弾丸をよけながらシャッターを切り続けてきたんだ。ライフルの弾を見切れる俺が、人間のキックを撮れないわけないだろ！」

プライドの高い澤田さんを動かすのは、たやすい。

「じゃあですね。あのミット持ってる人の右手に注目してください。彼が右のヒジをちょっと後ろに引いた時が、チャンプが左ミドルを蹴るタイミングですので」

あのミット持ちのトレーナーも、なかなかのベテランらしい。無軌道にパンチやヒザ、ヒジを振り回してくるチャンプにしっかり合わせてくる。でも、例の左ミドルはなかなか打たない。

そう思っていたら、アップライトのサウスポーから、左足がスッと地面を離れた。


ピシィ。


空気を切り裂くような、乾いた破裂音が鳴り響いた。瞬きの間に、もうチャンプの左足のヒザは屈曲してブラブラしている。僕は言葉が出なかった。後ろに立っていたアリージャ会長は、薄ら笑いを浮かべている。

なにより音が違う。ピシィ、だと？　僕の解釈では、空手でもキックでも初心者の蹴りは「ドスーン」と湿った鈍い音をたてる。上達してくると「バシーン」になり、試合で勝ち始めると「パァァァン」と乾燥した高めの音になるものだけど、なんだこの「ピシィ」は？

デジタル一眼レフカメラを構えた澤田さんを見た。彼も少し面食らっている様子で、撮ったばかりのチャンプの左ミドルを確認していた。僕も横から画面を覗いてみた。驚いた。画面に映し出されたのは、すでに蹴り終わっていてヒザがぶらついていた。完全に撮り遅れだ。僕はぷっと吹き出した。

澤田さんの目が変わった。彼はバッグからアナログの一眼レフを取り出した。気合いを入れたらしい。リング上ではチャンプはコンビネーションを繰り返している。

「澤田さん。ほら、チャンプが右手を揺らしてるでしょ？　これから流すようにジャブを放って、その後に鋭いジャブを打ったら、例の左が出ますよ」

「そんなの分かってるよ！」

チャンプは右手をユラユラさせている。そして、ミットに置くようにトン、とジャブを放つと、2発目はノーモーションで、最短の軌道のジャブがミットを勢いよく弾き飛ばす。

そしてまた、あの音だ。

ピシィ。

今度はどうだ？　僕と澤田さんは、撮れているか今すぐにでも見たかったけど、現像してみないと分からない。

「今度はちゃんと撮れてるはずだよ」

そして僕に振り向き、

「なぁ、こりゃわざわざバンコクまで来て、日本人初のラジャ軽量級チャンプの誕生か？という記事は、頓挫するんじゃねえの？　ユウキはこのミドルを捌《さば》けないだろ？　ボロ負けするよ」

僕も同意せざるを得なかった。あんなに速い左ミドル、もしまともに脇腹に入ったら、アバラが肺か心臓に刺さるかもしれない。少年誌の格闘漫画でよく見られるシーンだ。受けたら、どんな衝撃なのかな？　どんなだろう？　僕の頭の中は、疑問と興味と恐怖がミックスされた状態で沸点に達した。気が付くと、ミット3ラウンドを終えて休憩中のプンチャイ選手に向かって「ヘイ！　チャンプ」と怒鳴っていた。まだ息の整っていない彼はビクッと反応して、僕の方に振り向いた。

「チャンプの蹴りの威力、それを体感してみたいので、ミットを持たせてください」

あとから考えたが、僕はなんであんなことを言ったのだろう。人に基礎的な技術を教えるのは自信があったけど、僕はミット持ちが誰よりも下手くそだったのだ。ミット持ちも立派なスキルだ。相手の放つパンチやキックに反応して、インパクトの瞬間に少し反発する。構えているだけでは駄目なのだ。

僕は、それができなかったから、スパッと辞めてしまったのだ。そのことを、この時は完全に忘れていた。プンチャイを見る。彼は狼狽《ろうばい》していて、視線の先はリング下のアリージャ会長だ。彼女はニヤニヤしていた。

「プンチャイ！　蹴っても大丈夫よ。彼は日本のカラテ・キッドだから」

澤田さんに視線を移すと、僕のことを心配するはずもなく、取り出したハンディカムで動画を撮ろうと構えている。当の僕は、トレーナーから借りたミットからほのかに漂う、甘く苦くしょっぱい臭いを嗅いで、初めて自分の勘違いに気付いた。僕が求めていた臭いとは、この国の臭いではなくて、ジムの中の、ミットやグローブの臭いだったのだ。僕は完全に浮かれていた。両手にはめたキックミットを、お猿のおもちゃみたいにバスバスと叩いて鳴らし「チャンプ！　カモン」とミットを八の字に構えた。

やっぱり僕は、ミット持ちのセンスがなかった。最後に選手のミットを持ったのが2年前なので、ブランクもあったのだろう。あと、日本にはこんなに速い蹴りを放つキックボクサーはいなかった。

あとで澤田さんが撮ったハンディカムを見せてもらうと、プンチャイの放った左ミドルは、僕の構えるキックミットの下側に当たったらしく、その反動で左右のミットは跳ね上がり、僕のアゴに直撃していた。僕は無表情でピーンと背筋を伸ばしたまま、棒切れのように真後ろに倒れた。白目を剥《む》いた、僕の表情が大写しされていた。

プンチャイとアリージャ会長は、あとで僕にさんざん謝ってくれた。しかし僕自身は、彼のキックを受けた記憶がすっぽり抜け落ちているのだ。人間は身体的ショックが大きすぎると、自己防衛のためにその瞬間の記憶を忘れてしまう、となにかで読んだことがある。だから僕は、悔しいがプンチャイの蹴りを受けた感想を述べられない。僕はその場にいなかったから。その時僕は、僕自身の追憶の世界にいた。僕は追憶の過去、汗とワセリンと消炎剤にまみれた世界にいて、そこで必死こいて闘っていたのだ。

＊

そう、僕は確かに下北沢の街を歩いていた。なにも探していない。眼球を固定させて、頭だけ左右にゆっくりと旋回しながら歩いていた。

そして目に入った「ムエタイ&キックボクシング唐木田ジム」の看板。僕は吸い寄せられるように階段を上り、熱気で曇っていたガラス扉を開けた。

「あのう、すいません」

「あぁ？」

顔もお腹も丸々とした、柄の悪そうなおっさんが振り返った。

「ええと、見学させていただきたいんですけど」

「あ、そう。別にいいよ。おーい！　パイプ椅子2個持ってこーい！　早くしろよ！」

坊主頭の、一見して中学生っぽい、ひょろっとした兄ちゃんが「どうぞお座りください」と僕に椅子を差し出してくれた。僕は軽く会釈して、椅子に座った。その、会長らし

き丸々としたおっさんは、

「なに？　キックボクシングに興味あるの？　最近はテレビとかでやってるからねえ」

「は、はぁ」

「でも、ウチはあんな空手あがりのデカい男どもが、ただ殴り合う見世物とは違うからね。本物のキックボクシング、いわばムエタイがベースだから」

言いたいことは分かるが、見世物とは言いすぎだ。


「ところでキミ、体格イイね！　なにかやってたの？　格闘技？」

「あ、はい。高校の3年間はフルコンタクト空手をやってました」

「あ、そうなの？　いやいや、別に空手を馬鹿にしてんじゃないんだけどさ」

「いえいえ、あの団体は、僕が習ってたのとは別ですから」

と、気を遣ってくれた会長に伝えたが、本人はそれには応じずに、

「で、連れのキミもなにかやってたの？　ていうか、椅子に座りなよ」


へ？　連れ？　僕は後ろを振り返ると、いつからいたのだろう。手足も顔も長い、高校生くらいの兄ちゃんが突っ立っている。

「これはキミの椅子だよ。ちょっとアンケートに記入してもらうから、とにかく座ってよ」

「そうか、キミたちは他人同士か。しかし、対照的な体格だねぇ」

確かに、身長は成人男子の平均に満たなくて、手足が短い僕とは対照的に、1m80㎝近くの身長に長い手足を持つこの兄ちゃん。どっちがキック向きかは、素人でも分かる。

それにしても、この兄ちゃんは僕をつけてきたのか？　階段を上る時も、扉を開けた時も全く気付かなかった。

とりあえず、僕は練習を見学させてもらうことにした。この時は幸運にも、タイトルマッチを控えているフライ級のチャンピオンが追い込み練習をしていた。いわば日本のトップクラスのトレーニングを、目の当たりにすることができたのだ。

フライ級。僕よりも15kgは軽いだろうが、その蹴りは重かった。パアァアン、とジム内に響くミドルキック。僕はこの音と、サンドバッグにスネが当たるまでの無駄のない軌道、そして蹴り終わった後の佇《たたず》まいに、すっかり魅了されてしまった。

「ええと、入会します。入会金と月謝は今お支払いした方がイイですか？」

僕が前置きなしにいきなり声を掛けたので、会長は面食らった様子だったが、

「あ、そう！　やる気になった？　キミなら空手の素養もあるし、すぐに強くなれるよ！」

と、会長はそそくさと領収書に金額を書き込んで、

「で、いつから始める？　今からでもいいけど」

「いえ。あのう、明日から土日を挟んだ出張があるので、出張明けの来週の火曜日からでお願いします」

「おお、そうなんだ。そうか、キミはサラリーマンか」

「はい。それで、その時にグローブとかを買えばいいんですか？」

「そうだね。下は動きやすければ今はなんでもイイよ。トランクスは、試合決まってからでも大丈夫だし」

僕自身が身体を動かすのは、約5年ぶりだ。

「で、キミもやる？　おカネは後でもイイからさ」

と、会長は隣の兄ちゃんにも訊ねた。

「イエ。俺は、もう少し考えさせてください」

と、消えそうな声で兄ちゃんは返事した。

「そうかぁ。キミなら本当にキック向き、ムエタイ向きの身体つきなんだけどなぁ」

僕はこれを聞いて「自分と比べられている」と一瞬へこんだが、とにかく入会したんだ。入会金と月謝をあわせた2万円も払ったし。出張明けは身体がダルイんだけど、気合い入れて頑張るぞ、と心の中で誓った。そして冷静になり、腕時計を見ると、21時半を過ぎていた。

「あ、すいません。明日は朝早いので、今日はこれで失礼します。改めて、火曜日からよろしくお願いします！」

「おー、よろしくね！」

と会長はミットを両手につけて、リングに入りながら返事をしてくれたので、僕は会釈をしてジムを後にしたのだ。

下北沢の街並みをそそくさと歩いて、駅を目指す。せめて6時間は眠りたかった。明日は名古屋まで東名高速で7時間だ。僕の勤め先はビル管理会社なので、顧客の本社ビルには年に2回、空調設備の保守点検に出向くのだ。僕と同乗する職場の先輩2人は、運転免許がないうえに、助手席で鼾《いびき》をかいて熟睡するくらいにデリカシーもない。「業務用のバネットは、後ろのシートが直角だから、寝ると疲れんだよ」と、最初っから寝る気まんまんだ。ぶっ続けで運転し続けるには、最低でも6時間の睡眠は欲しい。

駅まで早歩き。僕のカツカツ鳴る安全靴の音に、なぜかサンダルの足音がずるずるとシンクロしている。しかもかなり近い。誰かがついてきている。僕は意を決して急停止した。僕は後頭部に衝撃を感じ、その2秒後には痛ぁ〜っと呻く声も聞こえた。僕の後頭部は大した痛みではなかったけど、僕に追突した相手は、鼻を押さえている。

「危ないだろ。急に止まったから鼻ぶつけたし」

そいつは、先ほどジムで一緒に見学していた手足の長い兄ちゃんだ。

「アンタは下北じゃないの？　俺はこの街に住んでてさ。タイスケ、西浦タイスケっていうんだ」

改めてこの、タイスケと名乗る若者を凝視する。どう見ても僕より年下の奴にアンタと呼ばれる筋合いはない。そもそも僕は、一刻も早く帰宅して布団に入りたいんだ。

「あ、ゴメンね。明日の仕事が早いから。まぁ、またジムで会えたら」

と、そいつの二言目を遮って踵を返し、早歩きで駅を目指した。僕は京王線口の階段を2段飛ばしで上がって改札を目指した。

街は金曜日、駅でも電車内でも酔っぱらいが嘔吐《えず》いている。車内で隣に座った男が急にうつむき、どばどばと胃液混じりの吐しゃ物を吐き始めた。前に立っていた姉ちゃんはぎゃあと叫び声を上げ、車内は一気にカオスとなった。全く今日はなんて日だ。万年鼻づまりの僕でも、このゲロ臭は強烈だった。

そもそも、なんで下北沢駅で途中下車したんだろう。今日は終業以降は歯車が狂いっぱなしだ。僕は東松原駅で降りて、気分を変えるためにも明大前駅まで歩くことにした。睡眠時間はドンドン削られるが、もう諦めるしかない。

翌週火曜日、まだ昨日の長時間の運転で、肩凝りと首のだるさは残るけど、今日は無理やり定時に仕事を終わらせた。そして、僕は唐木田ジムの扉をノックした。

「どうも先日は。今日から改めてよろしくお願いします！」

丸々とした会長は、

「おぉ来たか！　よろしくな！」

僕は控え室のカーテンをくぐり、そそくさとTシャツと短パンに着替えて、会長に、

「あの、練習用のグローブを買いたいんですけど」

「そうか、やっぱり買うんだよな。よかったなぁオマエ」

と、リング内にいる長身の若者に声を掛けた。ん？　あいつは。

あの、入会した夜の帰り道で、僕の後頭部に鼻をぶつけた兄ちゃんじゃないか。タイスケって言ったっけ。僕に気付いた奴は、振り向いてニッと笑った。

「よう、よろしくな。俺の方が2日先輩だかんね」

あの金曜日に、僕に失礼な振る舞いをした兄ちゃんは、日曜日に入会していたのだ。

「あいつさぁ、月謝だけしか払えないって言われてさぁ。当然グローブも買えないからさ、当分はキミのグローブと共同で使うのがいいんじゃない？　と俺が提案したんだ」

へ？　僕がカネ出した新品のグローブを、あいつも使うのか？　それはなんの理屈だ。

「イイじゃんか。俺たちは同期みたいなもんだし」

と奴が言った。納得いかないが、仕方ない。リング上では、赤ら顔で坊主頭のおじさんが、奴にミドルキックを教えていた。なんて横柄で姑息な野郎だ。それが僕がタイスケに抱いた最初の印象だった。

僕は会長の前に立ち、

「改めて、今日からお願いします」

と頭を下げた。この会長も、コワモテだが悪い人ではなさそうだ。と、その時点では思ったのだが。

「おーい新人、降りてこっちに来い！　タツミも来いよ」

と会長は叫んだ。タイスケは長い身体を折り曲げてロープをくぐり、僕に近づいてニッと笑った。まじまじと奴の顔を見てみる。新幹線ひかり号の先端を思わせる流線型の顔立ちだ。大きな一重まぶたの中は、白目の占める割合が多くて、その目は魚のハモを連想させた。

会長は、

「おいタツミ、この子らに構えを教えてやれよ」

と言い残し、煙草を取り出して外に出ていった。ジム生には「タツミさん」と言われているその人は、トイレ前のベンチに腰掛けたばっかりだったが、よいしょと立ち上がった。

「じゃあ構えからやってこうか。キミは空手の経験者だろ？　ちょっと構えてみてよ」

僕は空手時代を思い出し、さっとファイティングポーズを取ったら、タツミさんが吹き

出した。僕とタイスケがポカーンとしていると、

「いやぁゴメンゴメン。予想はしていたんだけど、完全に空手の構えだな！」

この時は、なにを言っているのか分からなかった。

「まぁ、ひとつずつやっていこうか」

と言ってから、

「タイスケって言ったっけ？　お前も構えてみろよ」

タイスケは僕の真似して構えた。

「まず、脇がガラ空きだな。そんな手をハの字に構えたら、すぐにミドルを入れられてアバラやられるよ」

と。なるほど。

「あと、足も開きすぎてるね。それじゃローキックのカットできないだろ」

確かにそうだ。フルコンタクト空手は基本的に「下段蹴り」に対してはカットせずに我慢比べの様相になる。

「キミの場合、まずは空手の癖から抜け出すことだね」

タイスケは高校ではハンドボール部だったらしいが、格闘技経験はない。

「その分まっさらだから、もうサマになってるな」

と構えを褒められたタイスケは嬉しそうだった。

次は、キックの基本「左ミドル」を教わった。ここでもタイスケは、スピードはないがトレーナーの構えるミットにしっかりとスネを当てる。フルコンタクト空手出身の僕は、足首で当てる癖がどうにも抜けない。

「足首で蹴ると、相手のヒジで甲の骨を壊されるよ」

とまたも指摘を受けた。


入門して1カ月は、構えと左ミドルと、あとパンチのワンツーの反復で明け暮れた。

翌月には、現役フライ級チャンプのトシキさんが「首相撲」を教えてくれた。首相撲とは、互いに相手の首を掴《つか》みながらヒザをぶつけ合い、果ては転がしてしまうムエタイ独特の攻撃のことだ。

「常に相手の内側に手を入れること。相撲で言えば、下手を取りにいくってことね」

つまり互いに内側に手を滑り込ませて、しっかり頭を固めた側が首相撲で有利になる、ということになる。

僕とタイスケの身長差は10㎝近くあり、そのせいで首相撲の練習では、いつも僕が押しつぶされてコカされる。５分間で、僕は何度も床に転がされていた。

見かねたタツミさんが僕を呼び寄せた。

「いいか、首相撲は体力をつけるためにやってんじゃないんだ。相手を転ばせるスキルを身に付けるためにやるんだよ」

と言って僕に耳打ちした。こういうふうにやってみろ、と。

僕は頷き、タイスケと首相撲を再開した。僕に覆いかぶさるタイスケの上体から逃げずに、逆に身体を押し付けて、タイスケの顔を両手で挟んだ。僕は右手を引いて、タイスケはこらえる。さらに引く。倒されまいとこらえるタイミングを見て、僕は掴んでいた左手を押し込むように回した。

すると、右に倒れまいと踏ん張っていたタイスケは、左方向に反転してひっくり返った。両足が天井を向くほどの転び方だった。転がったタイスケ以上に、僕の方が驚いた。

タツミさんはニヤニヤしながら、

「な？　首相撲は力くらべじゃないんだよ。テクニックだし、もっと言えば騙《だま》し合いだな」

　この時僕は、首相撲やキックの深さを知った。

　僕は、来週からは週6日、毎日練習に来ることを決めた。


　タツミさんはジムに週3日ほど来ていて、ミットを持っていない時は大抵、トイレ前のベンチで佇んでいる。年齢は恐らく50代半ばで、いつも顔が赤い。タツミが名字か名前なのかは最後まで分からなかったが、そんなことはどうでもいいくらいに、タツミさんの指導法や理屈は僕らを大いに唸らせた。ミット捌きもうまいし、サンドバッグの扱いも教えてくれた。ただ、首相撲だけは僕もタイスケも一度きりしかしなかったのは、タツミさんの吐息の酒臭さに耐えられなかったからだ。


「顔は真っすぐでも、上体は斜めに構えな。オマエみたいに正面に構えてたら、前蹴りでもストレートでもなんでも効いちゃうよ」

　僕は空手の正面立ちをさっそく指摘された。

　このアル中のおっさんが、現役時はどれだけ強かったかは知らないが、理屈は説得力があった。

「例えば相手が右ストレートを打ってきたら、どんなカウンターを返す？」

　僕は、

「外からの左ストレートですか？」

　タツミさんは笑った。

「それってクロスカウンターか？　あれは漫画だけの世界だし、今はキックの話してんだよ」

　と赤い顔をさらに紅潮させて、

「お前はどうよ？　右を貰わないで相手に当てるんだよ」

　タイスケは、

「ひょっとして左ミドルですか？」

　と答えたら、

「そのとおり！　前の左手でパンチを捌きながら空いた腹にミドルをぶち込む。分かる？」

「なるほど」

「じゃあ訊くけど、相手が右ローを打ってきたら？」

「左足を引いて、その足でミドルかハイキックでしょ？」

タツミさんは顔を曇らせて、

「んーそれも正解なんだけど、ワンテンポ遅いな。カウンターの話してんだよ！　タイスケは分かるかい？」

「えーと、右ストレートかな？」

「正解！　なぜだか分かる？」

分かるわけがない。

「人間って、左右の動きや上下の動きは見えるんだよ。でもね、斜めの動きには反応が遅れるんだ。つまり『対角線』には弱いってことよ。だから、右ローには右ストレート。じゃあ訊くけど、左ミドルのカウンターはなんだ？」

僕らは考えた。左ミドルの対角線か。


「うーんと、左フックですか？」

タツミさんは「セーイカイ！」と指を突き立てた。

「相手がミドルを打つ寸前に左に回り込んで、左フックを入れるとカウンターになるよ。これは相手のミドルが強いほど、効くんだ。でも勇気がいるね」

タイスケが質問した。

「じゃあ、コンビネーションも対角線でやる方がイイんすか？」

「もちろん！　左ジャブから右ロー、そして左ミドルとかね。対角線は、忘れない方が絶対イイからね！」

他にも様々なキックの理屈を話してくれたが、この「対角線」の話は頭にこびりついたし、後々に試合でも実践したので、僕はいまだにタツミさんに感謝している。

＊

会社の業績が不振なお陰で、職場は定時であがれるようになった。

僕が19時前にジムの階段を駆け上り扉を開くと、タイスケは先に汗まみれでシャドーを繰り返している。背が高く手足も長い猫背のタイスケは、滑らかな円状の動きで、タツミさんの持つミットにスネやヒザを当てる。直線的な動きの僕とは対照的だ。サンドバッグが空かない。僕はシャドーをしながら空くのを窺《うかが》う。3個吊されているうちの真ん中が空いたので、僕はススッと位置を取り、景気づけに右ローキックを思いきり放った。休憩中のタイスケが僕を冷やかす。

「タツミさんも言ってるじゃん、キックと言えば左ミドルだろ？　そんな空手仕込みの下段蹴りばっかやって、試合で勝てると思ってんの？」

　普段は無視している僕だが、この時は頭にきた。リングをちらっと見た。空いてるな。

「会長！　確か今日からマス（スパーリング）やってイイんですよね？　僕は身体が温まったので、いつでもできます。タイスケ、お前もだよな？」

　と訴えた。タイスケは目を丸くしていたが、会長は、

「ほうほう。おまえら２人、今日はスパーリングデビューか。じゃあリングに上がって、レガースとヘッドギアをつけろや」

　あくまでも、マススパーリング。空手でいえば寸止めだ。でも僕は侮辱されたタイスケを翻弄《ほんろう》してやろう、と企んでいた。実戦経験では僕が勝る、とその時は思っていたから。

　１ラウンド。距離を詰める僕と、左手で頭を押さえるタイスケ。頭を掴まれて、コカされまいと耐える僕。膠着《こうちゃく》したらブレイク。それの繰り返しで終わってしまった。

　２ラウンド。僕は相変わらず突進するが、タイスケは前蹴りで僕を寄せつけない。僕は上体を振って近づくと、ミドルキックが飛んでくる。痛い。僕のパンチは空しく空を切る。だんだんと息が上がってきた。タイスケは涼しい顔をしている。

最終3ラウンド。明らかに僕はスタミナ切れ。これが試合なら判定負けだ。せめて一発でも顔面に当てたい。当てないと今夜は眠れない。僕は少し考えた。奴の顔面に拳を届かせるにはどうすれば？　と。

タイスケは軌道の滑らかな左ミドルをしつこく放つ。僕はそのタイミングを計った。奴が左ミドルを放つ瞬間、僕は左前に一歩踏み込み、上体をコマのように回しコンパクトな左フックを放った。ひそかに練習していた「対角線のカウンター」だ。

ごつん、という左拳の手ごたえと同時に、タイスケは両ヒザをつき正座して、ふにゃっと土下座してしまった。僕は自分に驚いた。しかしその直後、頭頂部に衝撃を感じた。振り返ると、パンチングミットをはめた会長が立っていた。

「バカ野郎！　入門して2カ月足らずのお前らが、本気で殴り合ってどうする！」

僕は平謝りした。会長の大声で、タイスケも驚き、すっと立ち上がった。

「でもお前ら、殴り合いするならマウスピースくらいつけろ。歯がいくつあっても足りんぞ」

22時10分前になり、僕はモップで床を拭き始め、タイスケは絞った雑巾でベンチやコーナーポストを拭いている。僕はモップの手を止めて、四つん這いでベンチの下を拭く奴の肛門をモップの柄で突っついた。振り向いて睨むタイスケに、

「なぁ、このあと空いてんだろ？　帰りにちょっと呑もうか」

　僕はタイスケを連れて、かつて行きつけだった名古屋手羽先の居酒屋を1年ぶりに訪ねた。

「大将どうも。ご無沙汰です」

「おー久しぶり！　あれ？　今日はヤロー連れなんだ。彼女はどうした」

　僕はタイスケの視線が気になったが、

「ああ、はい、捨てられましてね……とりあえずいつものホッピー2つと、あと手羽先を塩で3人前ね」

　と注文した。

「ホッピーってなんだ？」

　とタイスケが訊いてきた。

「ホッピーも知らんのかよ！　まあ呑んでみなよ。ハマるから」

　しかし、タイスケはひと口すすって、

「これは俺には合わん。オマエにやるよ。すいません、俺にハイボール」

タイスケは、手羽先は気に入ってくれた。


その日以降、毎週金曜日の練習あがりの名古屋手羽先は恒例となった。練習中は寡黙なタイスケは、酒が進むと饒舌になる。

「なんだよ最近のアレ？　外国人の大男が顔面を殴り合って、ありゃキックとは言えねえだろ！」

タイスケはＴＶ放送の「立ち技世界一トーナメント」を罵り始めた。

「いくら鍛えて体重増やして筋肉つけたからって、顔面は鍛えようがないよな？　だから大男どもがのったりと腕振り回して、先に当たった方が倒れりゃ戦慄ノックアウトだってさ？　くだらねえよな？　あぁ」

僕はヒヤヒヤしていた。ファンが近くにいたら面倒だ。

「まぁ、あれを見てキックっていいよなって思ったら、俺らの試合にも来てくれるかもしれんから、イイんじゃないの？」

と窘《たしな》めたが、

「あぁやだやだ。そんな大人みたいな解釈」

僕は冷静な分、まだ酒が足りてないと思い、残ったホッピーを一気に飲み干した。

「そんでさ、お前はなにやるかも決めてなくて東京に来たらしいけど、なんでキックなんか始めたんだ？　キックじゃ飯は喰えねえってのはお前でも分かんだろ？」

タイスケは嫌らしい笑みを浮かべた。

「俺がキック始めた理由？　オマエそれを知りたいか」

「あぁ知りてえよ！　なんで始めたんだよ！」

僕は怒った振りをした。

タイスケは一瞬素に戻り、ぽそっと語り出した。

「それはよう、オマエがこの街をふらふら歩いてたじゃんかよ。なんか怪しい奴だなぁと思って、俺はオマエをつけていたんだよ」

僕は3月の、まだ夜は上着が必要だった下北沢商店街を、夢遊病患者のように歩いていた日、つまりジムに入会した日を思い出した。ジムの扉を開いた僕の真後ろに、タイスケが立っていたのだ。

「やっぱりお前、つけてたのか！」

僕は叫んだ。

「オマエは、俺でなくても、後をつけたくなるくらいに怪しい歩き方してたからな」

「最初はな、なんだ酔っぱらいか？　と思いながら後をつけた」

僕は酔ってはいなかった。

「そしたら、吸い寄せられるように雑居ビルの階段を上ったから、俺も吸い寄せられた」

タイスケはカカカッと笑い出した。

「あ？　つまり俺の後をつけた先が唐木田ジムで、俺にくっついたまま入会したわけ？」

「そう。あの時俺は、キックをやりたくて下北を歩いてたわけじゃない、ヒマだった」

僕は愕然とした。

「じゃーさ、あの日に、俺が花屋に入って働かせてくれって店長に頼んだら、お前も花屋で働いたのか？」

「そういうことだな」

これには呆れた。手羽先をせわしなく裂く手が止まった。

タイスケは、

「じゃ、おんなじこと訊こうか。なんでオマエは唐木田ジムに入ったんだよ」

今度は僕か。

「そもそも、オマエ家は調布だろ？　なんで下北歩いてたん？」

僕は黙った。

「あ、前の彼女が下北に住んでたんだっけ？　つまり、歩いてたら偶然に再会、を望んでたりなんて？」

「違うわいっ！」

僕はわざと怒鳴った。

「彼女はシモキタに住んでないし。演劇少女だったから、よく一緒にスズナリとか本多劇場に観に行ってたんだよ」

タイスケはその話には興味を示さず、

「オマエは、仕事も安定して悠悠《ゆうゆう》と生活している。なんで一銭にもならんキックを始めたのかって話よ」

僕は呑む時は、相手の聞き役に回ることが多い。めったに自分の話はしない。しかし今週は仕事が忙しくて、疲労も溜まっていた。ホッピーのお替わりが多いのも手伝って、つい自分語りしてしまった。

「俺は、俺はね。ＩＴバブルの時期に高校を出たから、求人は引く手あまたでさ。いわゆる売り手市場よ。だから資格も経験もないのにビル管理の会社に入れちゃったんだ。仕事もちょろくてさ！　2年目にはほとんどの業務は憶えちゃったし、3年目には会社全体を俯瞰《ふかん》できるほど全てを知り尽くしちまったのよ。ボケッと働いても出世できるし」

「ほうほう、それで？」

タイスケは、僕にもっと話せと、

「それとキックがなんの関係があるんだ？」

酔ってきた僕は、

「なんだ、そんなことも分からんのか！　ボケッと働いて給料貰って、ぬくぬく生きていて、なにが楽しい？　俺の上司は酔うと娘の自慢と大学時代にテニスでインカレ優勝した、の話しかしない。ビルの管理人は『どう、最近やってる？』としか訊かない。10年後、20年後の自分はこいつらか、と思ったら頭抱えちゃったよ。お前に分かるか？」

分かるはずもなかろう。

にやにや笑っているタイスケは、口を開いた。

「うん。つまりオマエは、自分が簡単に通用しない世界に身を投じたかったってことか？」

僕はドキリとした。

「そ、そうだよ！　ジムでは俺の中段まわし蹴りは通用しない。パンチも全く届かない。ひょろい高校生にも首相撲でコカされる。毎日ダメ出しされ、課題ができる。こんな理不尽、職場ではありえないんだ」

「ふうん、じゃあオマエは、ジムでしごかれて、俺やランカーの選手たちにボカスカ殴られてるのが、嬉しいんだ」


僕は急激に酔いが醒めた。タイスケを仰ぎ見た。なにやら神妙な表情になっている。

「俺は、オマエの気持ちは分かんないな。社会人がそんなに簡単とも思えないし」

なんか、つまんなくなってきた。

「大将！　一番きついウォッカをコイツに出してやって」

タイスケは「オマエふざけんなよ」と苦笑したが、96度のスピリタスをロックで一気に飲み干した。僕と大将は唖然《あぜん》としたが、約1分後にトイレに立とうとして、タイスケはそのまま椅子から転げ落ちた。結局は酔い潰《つぶ》れた奴を背負って、マンションまで送るハメになった。

タイスケが上京初日に下北沢でナンパして、そのまま住み込んだ相手のマンションはオートロックだった。コイツの彼女ってどんなんだろう。時刻は23時を過ぎている。仕方なくインターフォンを押したら「そのまま上がって来てください」との返事が。

エレベーターで5階まで上がり、改めてドア横のインターフォンを押した。

「あ。初めまして」

とだけ言って、僕は言葉を失った。タイスケより4歳上、つまり僕と同学年の彼女の造形が整いすぎていたからだ。忍び寄る敗北感。僕はそれを追い払ったが、彼女は、

「あの、私の力では運べないので、そのままベッドまで運んでくれませんか」

とアゴで右の部屋を示した。

僕は「はい？」と聞き返した後、頭の中で整理した。そうか。この彼女は典型的な美人の性格だ。とりあえず、この高水準なタイスケの彼女とは、今後は関わらない方がいいなとその時は思った。

翌日、タイスケは、

「ゆうべはゴメンな。彼女はカオルって言うんだけど、可愛かっただろ？」

と訊いてきた。僕はサンドバッグを打つ手を止めずに「まあな」とだけ返した。

一日は長いが、1カ月はあっという間に過ぎる。僕は仕事で溜まった膿を出し切るように、タツミさんが持つキックミットにスネとヒザをぶち込む。汗が理不尽を浄化させる。3分5ラウンドのサーキット。後半は目に映るキックミットが霞《かす》み、ぼやけ始めるとジム全体の鳥瞰図《ちょうかんず》が見えてくる。一種の幽体離脱だ。足元が汗で滑り、その勢いのまま右足首を捻って前のめりに転がった。

「バランスが悪いんだよ。これが試合だったら、つんのめったところで、顔面にヒザ入れられて終わるよ」

とタツミさん。

「その点、タイスケはめったに転ばんな。ああ見えて、体幹が強いのかもしれん」

サーキットが終わり、しゃがみ込むタイスケにその声は届いていない。僕はこの体格的に恵まれているタイスケが、精神面でも逞しくなっていく過程を誰よりも知っていた。それは恐らく、本人も気付いていないと思う。

首相撲は相手と上体を密着させる。汗の臭いからタイスケに、

「お前、平日も呑んでるだろ？」

「なんで知ってんだよ？」

スタミナは、トレーニングだけでは身に付かない。

「お前、平日は酒やめろや。週末はいくらでも呑んで構わんけど」


平日は19時から3時間、ひたすら追い込んで、金曜日の夜は手羽先を喰いホッピーを呑み、土曜日は二日酔いと格闘して過ごし、日曜日は昼過ぎから日が落ちるまで首相撲とスパーリングを交互に繰り返し……。こんなルーティンを3カ月ほど続けたら、さすがに誰だって強くなる。入門して半年経ち、僕とタイスケは会長からプロテストとデビュー戦の知らせを受けた。


僕の身長は1m69㎝。タイスケは僕よりも約10㎝高い。でも体重は2人とも66kg前後。会長は、

「オマエはライト級（61kg）で試合を受けた。タイスケは、フェザー級（57kg）の相手をぶつけたから、減量頑張れよ」

タイスケの表情がこわばった。会長に逆らえるはずもない。僕ら2人は、

「頑張ります」

僕は5kg弱の減量で済むが、タイスケは経験もないのに9kg近く体重を落とさなきゃならない。

「お前、今日から間食やめろ」

練習後に歩きながらかにぱんを頬張るタイスケを見て言った。

自制心が感じられないタイスケを減量させるには、デビュー戦までの3週間を僕が食事の管理をせねば、と誰からも頼まれてもないが思い始めていた。


プロテストについては、一応有料の興行だから本番の2週間前に、唐木田ジムに団体所属の練習生が十数人集まり、スパーリング形式で行った。タイスケはレガースとニーパッドをつけて、他のジムの練習生をミドルとヒザでメッタ打ちにして、合格となった。

僕は、開始の合図でグローブを合わせようと手を伸ばしたら、相手がそれに応じず殴ってきた。僕はかっと熱くなって、全力で左ミドルを連打した。その後はノーガードの殴り合いになり、互いに引き裂かれてリングを降りた。それでも合格になったのは、デビュー戦が決まっていたからだ。


試合の2週間前に、僕はタイスケを自家用車に乗せて、郊外のアウトレットモールに向かった。駅前の運動具店にはマウスピースが置いてなかったからだ。モール内の大型スポーツショップには、マウスピースが値段別に4種類も置いてあった。僕は最安値のマウスピースを手にしているタイスケに千円札を渡して、僕と同じものを買わせた。

「ふーん」と僕の運転するワゴンRの助手席で、タイスケは窮屈そうに足を折りたたみながら呟いていた。

「ふーんって、なにがだよ？」

タイスケは狭い車内を見渡しながら、

「いや、つまんない仕事でもオマエみたいに続けていると、こんなボロい軽自動車に乗れるんだなと思ってさ」

「ボロい軽で悪かったな！　でもこれなんて、2年車検付きで14万だよ。お前が1カ月コンビニでバイトしたら買えるんだよ。バイトするか？」

「やだね！　カネのためでも、やりたくない仕事はしないってのが俺の主義だよ」

東名の上りが混んできた。堂々とうたた寝するタイスケを見て、僕は余計にイライラしてきた。

デビュー戦1週間前に、2人のリングネームが決まった。といっても僕は本名なのだが、タイスケは会長から「唐木田タイスケ」とつけられて、不満そうだった。しかし僕はひそかに嫉妬した。なぜなら唐木田はジム名であり、それを新人につけるってことは、期待されている証しだ。ジムの看板を背負って闘うのは、本人が望まなくても注目される。

タイスケ自身は試合よりも、フェザー級の体重を作れるかに心を砕いていた。それを察した会長は、僕にタイスケの体重管理を命じた。僕にも一応、減量があるのだが。

タイスケは残り4kgがどうしても落ちない。僕はタイスケを早朝の走り込みに連れ出した。サウナスーツを着させて汗を絞りださせて、間食のかにぱんは取り上げた。試合前の2日間は銭湯に連れて行き、サウナに放り込んだらリミット1kgになった。前日には僕の自宅に泊めさせ、水分を抜かせた。一晩中、タイスケの「喰いてえ、喰いてえ」の寝言に邪魔されて、僕は一睡もできなかった。

＊

そして迎えた試合当日。僕は体重的には余裕だった。タイスケは出発ぎりぎりまでトイレに籠もり格闘していた。タイスケの顔と手の平はカサカサに乾燥していて、猫背の上にコウベが垂れているので、まるで盆過ぎの向日葵のようだった。

さて、僕らのデビュー戦は聖地・後楽園ホールではない。渋谷から東横線の急行に乗り、綱島駅からは臨港バスで20分。やっと着いた会場は「鶴見青果市場」。僕はしな垂れかかったタイスケをずっと支えていて肩が凝った。集合時間の30分前に現地に到着した時は、まだ会場は設営されておらず、野菜や果物が積まれたコンパネがそこらじゅうに散らばっていた。

この薄暗い倉庫が、いかにしてキックボクシングの会場になるのか？　移動中は立ちっぱなしで疲れたので、僕らは冷たいコンクリ床に座り込み、会長とトシキさんを目で探した。

「おーいバイト！　サボってんじゃねえぞ！　早くリング作っちまえよ」

野太い声が僕らに向かって飛んできた。

「いいえ、僕らは試合に出る選手なんです」

と返事したら、なぜか笑われた。

「あ〜悪いね！　まぁ頑張ってよ」

と、感情のない激励を聞いたタイスケは、
「あの野郎、終わったらぶちのめしてやる」
とこぼした。僕らは倉庫の隅に移動してブルーシートを敷き、とりあえずその上で横になった。昨夜はほとんど寝ていない僕は、1分も経たずに眠りに落ちた。

側頭部に鈍い衝撃を受けて、僕は目覚めた。履き古した革靴が目の前にある。見上げると会長の鼻の穴が見える。どうやら僕は頭を蹴られたらしい。会長は引き続きタイスケの頭も蹴ろうと足を引いていた。僕はタイスケの頭を持ち上げ、揺さぶって起こした。

会長の横には、僕らのセコンドについてくれるトシキさんと、タイ人トレーナーのティーヌンさんが立っていて、2人とも笑っていた。

「デビュー戦なのに会場で堂々と昼寝なんて、大物だなお前らは！」

辺りを見回すと、コンパネはすでに撤去され、市場の中央にはリングが設営されていた。照明も天井から吊されて、リングを囲うようにパイプ椅子が整然と並べてあった。

タイスケは「なんでキャベツや大根の前で闘わなきゃなんないんだ？」とこぼしていたが、やがて僕に向かって、

「おい、この屈辱を忘れないようにしようぜ。いつか後楽園や武道館で試合する時に、思い出せるようにな」

僕は、これはこれで面白いなと思ったが。


唐木田ジム主催の興行らしいが、全8試合。僕は6試合目でタイスケは4試合目。僕より後の2試合がランカー同士の試合で、僕とタイスケを含む前の6試合はほとんどがデビュー戦だった。郊外の会場なので、僕もタイスケもチケットは売れなかったが、こんな興行にカネを払って観に来る客がいるのだろうか。

しかし開場して30分で、500席が満員になった。客層は、小汚い作業服を着ている市場の職員らしい集団とか、昭和のヤンキー風の出で立ちは、恐らく市場の運転手だろう。おばちゃんたちと、それに群がる粗野な子供たちは、近隣の工業団地の住人だろうか。会場入り口には「つるみ秋祭り」との看板が。つまり、この興行は市民祭りの余興だった。でも、そんなことは僕には関係ない。自分のスキルとスタミナを出し切るぞ、とこの時は思っていた。正確には出し切れるだろうと思っていた。

1試合目から連続でKO決着になり、次の次にはタイスケの出番だ。僕はその試合準備に駆り出された。トシキさんがバンデージを巻く間に、僕とティーヌンさんは手の平でワセリンと松やにを混ぜ合わせて、タイスケの全身に塗りたくった。脇腹を塗っている時にタイスケは悲鳴を上げた。しゃがんで両脇を押さえている。トシキさんは、

「脇の下とか、皮膚の薄いトコは松やにが沁みるよ」

と笑っていた。タイスケは僕を睨み、

「そんなのも知らんのか！」

「知るわけないだろ！」

と、僕はティッシュで脇を拭いた。

「これで敗《ま》けたら、オマエのせいだからな」

歓声が上がった。3試合目もKO決着。ちょうどファールカップをつけてムエタイパンツを穿いたタイスケは、グローブでほっぺたを挟むと「よっしゃあ！」と気合を入れた。

タイスケよりは身長は少し低いが、フェザー級にしては大きい対戦相手は、パンツにスポンサーのロゴを縫い付けていた。パンツだけ見るとベテランだ。戦績も2戦2勝で共にKO勝ち。デビュー戦で格上の相手と組まされたタイスケは、本当に会長に期待されてい

たのだろう。

ゴングが鳴った。タイスケはアップライトで構え、猫背だが上体を起こし、重心は後ろに、前の左足でトントンと床を踏む。見た目だけならムエタイ選手だ。たった半年で堂々とリングに立つことが、僕には信じられない。

相手はボクサーのようにガードでこめかみ辺りを覆って、近づいてこない。タイスケがスタスタと詰め寄り、ノーモーションで前蹴りを突き刺した。

リング中央の相手はコーナーまで飛ばされたが、仕切り直しにワンツーでタイスケを威嚇した。セコンドのトシキさんが「テッサイ！」と叫んだ。

タイスケは瞬時に反応した。左ミドルキックを相手にぶつけると、ピシャッと乾いた破裂音が会場に響いた。僕はティーヌンさんに、

「てっさい、ってなに？　タイ語ですか」

と訊いた。

「テッサイはミドルキックよ。特に左のテッサイは、ムエタイの花よ」

会場が静まり返っているなか、トシキさんの「テッサイ！　テッサイ！」の叫び声と、

タイスケの容赦ない左ミドルの連打が青果市場に鳴り響く。相手のガードが下がっている。僕が「上あいてるぞ！　殴れ」と叫ぶと、タイスケは応えるようにワンツーを鼻っ面に当てた。相手は堪らず、タイスケに抱き着いた。この展開は、タイスケが一番練習していた首相撲に持ち込めるな、と僕は思った。案の定、タイスケは相手の首を掴み、左右に揺さぶってヒザを左右交互にペチペチと連打した。これは相手にとっては見た目以上にしんどい。タイスケはくっつく相手をはがし、大外《おおそと》に置いた足で引っかけてコカした。

ここでラウンド終了のゴング。セコンドに抱えられて戻る相手は、恐らくデビュー戦のタイスケを舐めていたのだろう。トシキさんは、

「相手は、全く首相撲できないね。次は3分間組んでコカしてもいいんじゃない？」

タイスケは「はぁ……」と答えたが、ここでセコンドアウト。

2ラウンドも全く同じ展開。相手のローキックやワンツーは空を切る。距離を詰めるとタイスケの左ミドルの餌食になり、蹴りを受け続けた右腕は真っ赤に腫れている。タイスケが接近してパンチをまとめると、相手はしがみつく。すると首ヒザ地獄の挙げ句コカされる。それが3分間繰り返されて、2ラウンドが終了。セコンドについた僕は驚いていた。キック経験ゼロのヒモ男が、リング上では無双している。タイスケの「ハモ目」は自信に

満ち溢れていた。

そして3ラウンド。相手はコーナーの椅子に座ったまま動かない。レフェリーと相手セコンドがなにか話している。そしてレフェリーが両手を大きく振って試合は終わった。2ラウンド3分、相手棄権によるタイスケのTKO勝ちだ。

僕は興奮した。タイスケはデビュー戦で、格上を圧倒した。僕は次の次が自分の試合だということを忘れてしまっていた。勝ち名乗りを受けた後、四方にお辞儀してリングを降りたタイスケに、

「凄えなぁお前！　圧倒したじゃんか」

しかし、本人なりにスタミナを使い果たしたのか、タイスケの顔は土色で生気を感じない。「まあな」と口元でほくそ笑むだけだった。

そして僕の出番だ。高3の夏に出た空手の「首都圏交流試合」以来の実戦だ。バンデージを巻いた経験はあるが、グローブやファールカップをつけるのは初めてだ。全身に塗られた松やにが肌に沁みる。僕はタイスケの激励を期待したのだが、奴は顔にタオルを掛け、

長椅子に横たわったまま動かない。

花道を歩く。僕はリングインの前に、グローブで顔面と太ももを叩いた。照明はさほど眩しくない。入門して半年の決算をリング上で出し尽くそう、とまるで引退試合の悲壮感を混じらせながら、対角線上の試合相手を睨んだ。

僕は、恐らくライト級にしては背が低い。対戦相手は僕よりは5㎝は高い。でも僕はタイスケとスパーリングしてきた。そのタイスケは先ほど、2勝している格上を圧倒した。3段論法では僕の勝ちだ。トシキさんは、

「とにかく、自分から手を出して。打たれたら効いていても打ち返す。これ基本だよ。あと、ガードは常に上げて」

他にもアドバイスを貰ったが、全く耳に入らなかった。要するに僕はビビっていたのだ。


ついにゴングが鳴った。相手と対峙して「デカいな。本当にライト級か？」が第一印象だった。相手がヒタヒタと寄って来て、トシキさんが「まえ見て！」と叫んだのだが「うわ、近いな」と思った瞬間、右手が真っすぐ飛んできて、僕の顔面中央に命中した。視界が真っ白になったが、すぐに別の場面が現れた。それは天井の照明だった。本能的に僕は下がったが、下がりすぎてコーナーを背にしてしまった。相手がサイドキックのような変

な軌道の蹴りを放ち、僕の脇腹に刺しこんだ。痛い！　身体はくの字に折れ、今度は床を見た。

開始早々、ノックアウトされるのか？　トシキさんが「金的《きんてき》だろうが！　当たってるよ」と叫んだので、僕は咄嗟《とっさ》に股間を押さえた。僕は演技している。なんて矮小《わいしょう》な男なのだろう。

お陰で相手の追撃を免れたが、再開しても相変わらず僕は手も足も出ない。ぼかすか殴られ全身ミット状態になり、当然ながら効いてきた。相手に抱き着いたら体重を乗っけられてコカされた。立ち上がっては殴られ、また組み付いて、コカされる。このやりとりが5回ほど続いた。

そして1ラウンド終了。僕はコーナーに戻ったが、椅子がなくセコンドもいない。よく見るとニュートラルコーナーだった。会場から笑いが起こる。ふらふらと青コーナーに辿《たど》り着いたが、トシキさんの第一声は「なにやってんの？」だった。

「なんでジムでやったことが出せないんすか？　何百回もバッグ蹴ったでしょ？　ガードの練習も反復したじゃないすか。このままだと倒されるか、残りの2ラウンドは相手のサンドバッグで終わるよ。それでもいいんすか？」

そのとおりだ。

「なんで、出せないんですか？」

トシキさんから見れば、攻撃しない（できない）僕は不可解に映るのだろう。

「すみません」

としか言えなかった。

「とにかくこのままなにもしないと後悔しますよ。大振りでも、カウンター喰らってもイイから攻撃すること。イイですか？」

と、ここでセコンドアウトとなった。


確かに1発くらい当てないと、僕の半年間は全て無意味だ。ゴングが鳴り、僕は意を決して相手に詰め寄った。バレバレだが左足を引いて、渾身の左ミドルを振り上げた。しかしまだ距離が遠く、全力の左ミドルは相手のグローブをぺしっと叩いただけだった。その勢いで僕はくるりと転倒し、ロープから顔が出て、またも会場から失笑を貰った。

でも、さすがに1ラウンドよりは緊張がほぐれた。そうか、もっと近づけば当たるのか。

僕はさらに詰め寄ったが、当然のごとくそれは被弾もする距離である。僕は前のラウンド同様しこたま殴られまくった。堪らず抱き着き、どうしたら相手が弱まるかな？　弱まってくんないかな？　と考えたら、ひとつの案が浮かんだ。そして、迷わずそれを実行してしまった。

僕は首相撲と見せかけて、相手の股間めがけてヒザを真っすぐ入れた。こんな反則攻撃は練習したことはなかったが、やればできるもんだ。相手の顔が苦痛に歪んだ。それを見て僕は急に我に返った。

「あ、すいません」

と思わず言ってしまった。

が、レフェリーも相手セコンドも気付かなかったので、余計に激しい罪悪感に陥った。

幸か不幸か、相手もファールカップをつけていたからか意外と効かなかった様子で、すぐにパンチをまとめて打ち返して来た。だが、そのプロセスのお陰で緊張はさらにほぐれた。僕は肩のチカラが抜けて、パンチも蹴りも出るようになった。相手も応戦し、互いにノーガードで叩き合う様は完全に街の取っ組み合いレベルだけど、全試合を通じて会場では一番盛り上がっていたシーンだったらしい。

やっと身体が完全に温まった。スタミナもまだ充分あると、勢いよく相手に突っ込んでいった矢先に、突然試合は終わった。

僕と相手のオデコがぶつかり、左半分の視界がサッと暗くなった。レフェリーが近寄ってきて、中断（タイム）を意味する、両手でＴの字を作った。僕の左まぶた上が切れたらしい。レフェリーが「ドクター」と呼んだけど、リングに上がって来たのは会長だった。

「もうコイツダメだろ。ハイ終わり終わり！」

とレフェリーに告げ、２ラウンド２分17秒。僕のＴＫＯ負けが決定した。

僕の半年間の成果は、さんざん殴られて蹴られて、金的狙いの反則もして、挙げ句はバッティングで額を切り、会長に愛想をつかされて終わった。

タオルで乱暴に頭を巻かれ、僕は花道を引き揚げ控え室に戻った。ベンチで横になった僕はタオルを外したが、左眉上の傷口からドロッと血が溢れ出た。そのうち先ほどリング下にいた「ドクター」が入って来た。

「あらぁ、思ったより深そうだねぇ。とりあえず麻酔なしで縫うけど、痛みには慣れてるから平気だよね」

と、僕に訊いてきたが、答えたのは会長だった。

「大丈夫、コイツは根性があるから」

左眼球の至近に針がぷつっと刺さっては通されて、また刺されて通される。5往復くらいはしたのか？　僕はこの大ざっぱな縫合に恐怖を覚えた。

「明日にも、外科にでも行って、ちゃんと消毒して処置してもらってね」

シャワーから戻ってきたタイスケは、僕の有様を見て驚いていた。会長は、

「おい、コイツはTKO敗けしたから、お前が家まで送ってけよ。もう疲れただろうから、お前ら帰っていいよ。ってか、もう帰れよ」


綱島駅ホームのベンチに腰掛けて、渋谷行きの急行電車を待った。僕は反対のプラットフォームを端から端まで見渡して、やっぱり急行停車駅だから8両編成でも停まれる長さになってるんだ、とどうでもいいことを考えていた。振り向くと、タイスケが心配そうな顔で見ている。僕は鼻の穴にティッシュを詰め、右目はアザで塞がり、左目にはガーゼが貼ってある。タイスケは無傷だ。

「なんだよ。慰めるつもりかよ？」

と僕は訝《いぶか》ったが、タイスケは、

「すまんな、俺はずっとシャワーを浴びてたから、オマエの試合は全然見てない。従って、

慰めようがないんだ」

僕はこの日、初めて大声で笑った。コイツは僕の5分間を見てないだと？

「お前、どこまでも天然だな！　俺の試合を見てないのか？」

タイスケは「すまん、本当にすまん」を繰り返す。僕はこの虚無感を高笑いで埋めようと、ベンチにもたれかかり空を見上げた。秋分を過ぎると日は短くなり、17時半なのにもう星が見えている。僕は大きく息を吸い、高笑いの準備に入った。


しかし、僕の声帯はふるわない。笑い声の代わりに出てきたのは血の混じった涙だった。上を向いた時に皮膚が引っ張られ、眉上の傷口が開いたのだろう。涙よりも粘着性の薄そうな鮮血が眉間を伝い、僕の左眼球を経由して涙と混じった。それは左頬を伝ってTシャツに朱色の染みを作った。僕はなおも高笑いに挑戦したが、どうしても声帯は振動しない。涙腺はさらに活性化して、僕の白シャツは淡い朱色に染まっていく。

渋谷行きの急行列車が到着しても僕は構わずに泣いた。高笑いができない。なんとか声を出そうと頑張った先に出たのは、嗚咽《おえつ》だった。通り過ぎた若い女性が驚いて、駆け出していった。近くにいた子供が「ママあれなーに？　泣いてるの？」と、僕を指さしている。

僕は周りから、全てから距離を置かれている。

「おめえら、見てんじゃねーよ！」

と、タイスケが周りを威嚇した。なんだコイツ、意外と優しいじゃないかと見直したら、余計に涙が溢れ出たので、次の急行もパスした。

僕は決心した。今夜は己の身体の反応に任せて、涙と嗚咽が収まるまでずっと、この渋谷方面のプラットフォームに居直ろう、と。

# 第2章　ティーソーク

年が明けた。1月はいつもの寒さだったが、翌月は暖かい日が続いた。雪もなく、立春が過ぎた頃にはダウンは不要になったので、僕はしまおうと思い押し入れを開けた。押し入れに取り付けた突っ張り棒には紺色のスーツを掛けていたが、その一張羅《いっちょうら》はカビに覆われてカーキ色に変わっていた。僕は腹が立ったが、いったん落ち着いてそれらをハンガーから外し、45ℓのゴミ袋に突っ込んだ。暖冬ではなくて、春が早まったのだろう。季節は前倒しで進み、3月後半なのに早朝5時半の空は白みがかっていた。

とはいえ寒い。僕はジャージ姿でタイスケの住むマンションに到着した。タイスケは予想どおり表に出ていない。インターフォンはなるべく押したくない。タイスケの彼女は時差通勤をしているらしく、朝は9時過ぎまで寝ているとのこと。不機嫌になるからチャイムは押すなよ、と前から念を押されていた。それならちゃんと出ろよ、とイライラし始めたらタイスケが出てきた。

「遅《おせ》えよ!　だいたいなあ、俺がわざわざ」

と僕が文句を言うと、それをかき消すように、

「やっぱり朝は寒いな!　日中はポカポカしてるから寝てるけど、オマエは仕事か?　ご苦労さん」

と意味のないことを言う。

「でよ、今日のメニューはどんなん？」

マンションからは徒歩７分ほどで笹塚公園に着く。僕らはベンチに荷物を置いた。

「お前、昨夜は晩酌してねえよな？」

「するわけねえだろ」

毎日のやりとりだ。僕らはそそくさとジャージを脱ぎ、Ｔシャツ１枚になった。タイスケにロープを渡す。いつものとおりのウォームアップで縄跳び５分間、身体が温まったら僕が前日に考えた練習メニューを伝達する。僕の提案で、今月より平日の早朝自主トレーニングを始めたのだ。


２人の吐く息は白いが、コンビネーションの反復を始めて10分経つと、汗でＴシャツはぐっしょりと肌に貼り付いた。いったん休憩を取ったら、次は砂場に移って10分間の首相撲に入る。まさか住宅街にある公園でスパーリングするわけにはいかない。もし通報でもされたらいろいろと面倒くさい。その点、首相撲だったら音をたてずに済むし、足元の悪い砂の上なら余計にバランスの維持に気を遣う。これはタイスケのアイデアだった。僕も砂まみれになりたくないから、コカされないように踏ん張った。

ラスト20分は、僕が考案したインターバルに取り組む。20秒間動いて、10秒休憩する。20秒間は反復横跳びやバービージャンプ、シャドウボクシングなどのコンビネーションを8種類組み合わせる。これを1ラウンドとして、1分休憩を挟み5ラウンド。終わった直後、タイスケはベンチに倒れ込んだ。僕は息を整えたらいそいそと作業着に着替える。

ベンチに横になり、お腹を上下に波打たせているタイスケに、

「じゃお疲れ！　俺は7時にジム入るから」

と伝えて、僕は駅までひたすら走るのであった。


僕のデビュー戦は相手と頭が当たり、眉上の出血で2ラウンドTKO敗け。タイスケは格上の選手を圧倒した。奴はすぐに次の試合を組まれると思うが、ジムの恥さらしである僕は、当分は干されるだろう。練習は全力だが、自己憐憫《れんびん》もいくぶん混じっていた。

会長が、

「おい、目じりの傷は塞がったのか？」

と聞いてきた。

「はい。もう5カ月経つので、さすがに塞がってますよ」

「じゃ、来月初めの日曜日の興行に出られるよな？　今度は手ごろな相手を用意するから」

マット上でストレッチしていたタイスケが寄ってきて、

「お、オマエも出られるのか。今度は後楽園ホールだってよ！」

会長が煙草を吸いに出た後に、僕は大声を出した。あの、鶴見青果市場の屈辱を晴らす機会が、こんなに早く訪れようとは。しかも今回は「聖地」後楽園ホール。自己憐憫はピュッと消えた。


目的が定まると、練習内容は濃くなってくる。それは僕のみならずタイスケも同様だった。次戦が決まってからの奴は、５時半からの朝練も遅刻がなくなった。僕が定刻に到着すると、奴はすでにウォーミングアップを終えていた。

「遅えよ、早く公園に行こうぜ」

と、身体が温まってない僕を置いて走り出した。

タイスケは９kgの減量がキツイのだろう。上下のサウナスーツを着ていたが、百円ショップの代物なので脇や股下が裂け始めている。

「それ着たって意味ねえだろ？」

「オマエはいいよな、俺だってライト級でやりたいよ」

と奴は愚痴をこぼす。

「あと9kg、どうやって落とすんだよ」


タイスケの左ミドルは、ムチのように相手に巻き付く。ミットを持つティーヌンさんの体重は80kgはあるだろうが、ミットごと吹っ飛ばされる。後頭部にグローブを引っかけ、上体を揺さぶりながらヒザを回して当てる。見ていてもなかなかの迫力だ。

タツミさんは、

「タイスケも仕上がってきたな。あのヒザならみんな嫌になっちゃうな」

しかし僕は、

「あのスタイルは、日本じゃウケないんだよなぁ。いいモノは持ってるんだけど」

との一言が気になった。


僕らはスパーリングも再開した。いつもマウスピースは使用後に洗うのだが、僕はデビュー戦で敗けた時に、洗わないでケースに入れたことに気が付いた。ボストンバッグから取り出し、恐る恐るケースを開けてみたら、半透明のマウスピースが不気味に黒ずんでいた。大丈夫かな？　試しに鼻を近づけて嗅いでみた。

生ごみの臭いがした。これには参った。黒ずんでいるのはたぶん血が固まったのだろう。様子を見ていたタツミさんが近寄ってきて、

「おお、マウスピースに年季が入ってきたなあ。臭《くせ》えだろ？　これを噛《か》みしめてみんな闘うんだ」

と絡んできた。いつも以上に酒臭い。この人はなにが言いたいのか。

「マウスピースなんて、洗うもんじゃないんだよ！　血に染まっても、懲りずに噛みしめるんだ。この、血の焦げた臭いがしまいには、病みつきになるんだ」

「血の焦げた臭い？」

なにを言ってるんだこの人は。これは生ごみじゃないか。タツミさんは畳みかけるように、

「口が切れても噛みしめてると、血が焦げてくるんだ。その味を知ったら本物だよ」

試合まで残り3日。リミット4kgが落ちないタイスケを、僕は自宅近くのスーパー銭湯に連れて行った。サウナだけではもったいないので、別料金で岩盤浴も入ることにした。水をガブ飲みしてサウナや岩盤浴に入ると、尋常でない量の汗が出る。岩盤浴用の浴衣は汗を吸いすぎて、肩がこるくらいに重くなった。

「凄《すげ》え！　2kgも落ちてる。サウナ凄えな。あれ？　岩盤浴が凄いのか」

「どっちもだろ」

僕も体重計に乗った。さすがにリミットに近いだろう、と思ったが。

60kg。マジか！　ライト級を1キロ以上も下回っていた。横からタイスケが覗き込む。

「マジか？　俺とおんなじ体重じゃねえか！」

笑われると思いきや、

と僕以上に驚いていた。

「……付き合わせてすまんな。俺が自分で落とせてれば」

しみったれてきた。

「なんだよ！　らしくねえな。とにかく当日だけ体重合わせて、試合ではKOすればいいんだよ」

そして試合当日。さて自分は、どうやって闘えばいいのだろう。僕は控え室で松やにを塗られた時も、花道を歩いてリングインして、対戦相手と対峙した時も、ずっとそれを考えていた。自身の眼下には対戦相手の両足首。すね毛がやけに濃いな。ゆっくりと顔を上げ、対戦相手をまじまじと見つめる。イカツイ顔だ。本当に同い年か？　戦績は3戦全勝。僕に勝つと次は5回戦か。つまり僕は噛ませ犬か？　だんだんと腹が立ってきた。そしてゴング。

僕はがっちりとガードを固めて、相手の射程圏内にジリジリと歩み寄った。相手は右ローキックを思いっきり振ってきた。僕は咄嗟に左ヒザを上げたが、上げすぎてスネで受けてしまった。摩擦でスネの中央が切れて、出血したのが分かった。不思議に痛くはなかったので、僕はお返しの左ミドルを放った。受けた相手の右腕に鮮血が飛び散っていた。その腕の返り血を見て、ありゃあかなり傷が深いのかと思うくらいに、僕は冷静だった。

とにかく前に出る、殴られても蹴られても前に出る。手数は圧倒的に相手が多いけども、僕が前進して相手が後退する、という一見奇妙な試合だった。ラウンド後半から、僕を応援する声が少しずつ増えてきた。相手は下がりながら打ってくるので、効いた攻撃はひとつもなかった。

セコンドのトシキさんは、

「なんかいいんじゃない？　自分のスタイル見つけたの？」

「いえいえ。あと2ラウンド、どうすればイイですか？」

横にいたタイスケは、

「おい、あいつずっと手え出し続けてるから、次のラウンドでへばるぞ！　そしたらオマエタコ殴りしちまえよ」

と割り込んだ。トシキさんは笑って、

「まぁ、確かにこのままあちらに手を出させ続けたら、判定敗けだね。それはお望み？」

「望んでるわけないでしょ！　だから教えてくださいよ」

「タイスケの言ったとおり。相手がバテてきたらひたすら殴って蹴って、倒してきなよ」

セコンドアウト。2ラウンドが始まった。僕は変わらず、アゴを引き、両腕で顔を隠す「亀ガード」でにじり寄り、相手がぼかすか殴ってきて、たまに僕が左ミドルを蹴る。手数の比率は僕と相手では1対9だ。それなのに歓声が徐々に大きくなっていく。この試合のどこが面白いのか。

タイスケの予想どおりにラウンドの後半で、相手がヘバってきた。僕はスタミナの在庫一掃のつもりで、左ミドルを3連打でまとめた。ワンツー4連打から右フックを振ったら、相手の顔がぐにゃりと歪んだ。相手が組み付くと、僕は振り払う。ここでラウンド終了。

前の2ラウンドは相手に取られている。僕は開き直った。最終ラウンドのゴングが鳴り、僕は速足で相手に近づくと、ジャブ2連打から右ローを放ったが、全部当たったのには僕も驚いた。相手がヘロヘロなのは、僕の攻撃じゃなくてスタミナが切れたからだ。アタマは冷静でも、結局試合では練習でやったことしか出せない。僕はサーキット練習のつもりで、下がる相手に左ミドルを5連打したが、最後の1発は相手のアゴに入った。きりもみしながら崩れる相手。人生初のダウン奪取だ。さすがに興奮して、僕は床を殴った。しかし相手はスックと立ち上がった。

相手の顔面は血まみれだ。それは全て僕の左スネからの返り血だ。が、その出で立ちに観衆が騒ぎ出した。

「いけー！　仕留めろー」

「倒しちまえ！」
怒号のような声援に後押しされ、僕は相手をコーナーに押し込んでメッタ打ちにした。が、残り30秒で僕のスタミナも在庫が切れた。相手に寄りかかり、終了のゴング。
判定は1対1のドローだった。僕は初勝利ならず。しかし花道では拍手に交じって「次勝てよ！　応援すっからな」との声援も聞こえて、悪くない気分だった。

しかし左スネが割れた代償は大きかった。僕はまたもドクターから麻酔なしでスネを8針も縫合された。また半年は試合ができないのか。僕はタイスケのセコンドにつくべく、左スネをテーピングで固めてから、そそくさとビール瓶に水を詰め、奴の全身に松やにを塗ってやった。

タイスケの2戦目の相手はフェザー級7位のランカー。つまりこの試合で勝てば、奴はいきなりランカーだ。僕は、なんの根拠もなくコイツならランカーにも勝てるし、その先もどんどんいける、と思っていた。そのフェザー級ランカーは、タイスケと体形は似ていて戦績は4勝1敗。組んでのヒザも得意そうだ。タイスケは自分と同じタイプとはスパーリングもしたことがない。どうやって闘うんだろう？

1ラウンド。タイスケは相手とグローブを合わせた直後に、相手を突き放す前蹴りを放った。ロープにもたれかかった相手に駆け寄るように近づき、左足を放り投げるようにミドルを放つ。ピシャッと乾いた音と共に、相手の表情が変わった。相手はタイスケに密着して、ペチペチとヒザを当て始めた。タイスケは冷静に相手の頭を挟み込み、左右に振り回す。そして、さりげなく前足を引っかけてコカす。レフェリーに促され相手が立ち上がると、今度はタイスケの左手がスッと伸びて、ジャブが相手のアゴを突き上げた。またも相手は組みにきて、タイスケはまた振り回してコカす。相手が組み付きタイスケがコカす。組み付きが長いとブレイク、が繰り返された。

2ラウンド半ばから野次が飛び始めた。

「組んでばっかでスモウじゃねーんだぞ！」

「打ち合えよ！　つまんねーだろ」

確かに素人目には退屈かもしれないが、僕自身はいつの間にか首相撲がこんなにうまくなっているタイスケに感心していた。前蹴りとミドルでコーナーに詰め、組んでのヒザで相手を弱らせる。奴のスタイルは2戦目で完成していた。

そして最終ラウンド。後がない相手は左右に上体を振りながら近づいてくる。タイスケは相手が左に動けば左ミドルを合わせ、上体を右に振ればローキックでコカす。捨て鉢になったのか、相手はダッキングで防御するのをやめ、頭を下げて突進してきた。バッティング（頭突き）するつもりか？　僕は一瞬やばいと思ったが、タイスケは反射的に身体を反らし、相手の頭を両手で挟んでヒザをゴツッと当てた。相手の額はぱっくりと割れて、オデコ中央から鮮血がとろっと噴き出した。両目は血で塞がり、たぶん相手の視界は真っ暗だろう。

ドクターが診るまでもない、タイスケのＴＫＯ勝ちが決まった。

勝ち名乗りを受けるタイスケには拍手はなし。それに対して、頭にタオルを巻き付けた敗者の花道は拍手で見送られていた。これは一体どういうことだ？　タイスケは反則もしていないのに。僕から見れば、文句なしの完勝に違いないのだが。

タイスケは控え室でうな垂れている。僕はバンデージをハサミで切りながら、

「あんな野次気にすんな。あいつらは、顔面をノーガードで殴り合うのがキックだと、勘

違いしている連中だから」

「オマエはいいよな。見ていた客は全員、オマエの味方になったじゃんか。俺は全員が敵だった」

と言って、タイスケは勢いよくごみ箱に痰を吐いた。

「なんだよ、またかよ。いつもこうじゃねえか……」

嫌な予感がした僕は、

「今日は俺も敗けなかったし、お前はダメージないよな？　奢《おご》るから手羽先で祝勝会やろうぜ」

と奴を無理やり誘った。僕の方こそダメージは深かった。試合後の飲酒は顔面を余計に腫れさせる。目が塞がったら、明日の出張で運転できるだろうか？　そもそも明日は5時に起きられるのか？

様々な疑念を頭から振り払った。それよりも、タイスケがキックを辞めてしまうかもしれない、という問題の方がその時の僕には重要だったのだ。

僕はホッピー、タイスケはハイボールを浴びるように飲み干した。

「お前の時代は来るんだよ。ていうか、もう手前まで来てるんだ。あんな缶ビール片手に野次る客は、ただ野蛮に殴り合うのがキックだと勘違いしててんだよ」

――それこそ、僕の試合スタイルなのだが。

「お前の強さは本物で、まだ気付いてないだけなんだよ」

タイスケは僕を睨んでいた。

「なにを根拠に言い切れるんだ？　練習は楽しい。ミット打ちもサンドバッグも、オマエとの公園のインターバルも、キツイけど楽しい。だけど試合は、特に試合が終わった後は、どうしようもない嫌な気持ちになるよ。俺、なんでキックやってんのかな？　って」

＊

僕はスネを切ったので4カ月間試合には出られなかったが、年の後半には2試合組まれて両方とも勝てた。特に年末の4戦目は、1ラウンド1分を過ぎたところで相手の右ストレートでダウンした僕が開き直り、被弾覚悟で前進して打ち合ったため、オープニングファイトにもかかわらず後楽園ホールは歓声で揺れた。そして最終ラウンド2分59秒、僕は滅茶苦茶に放ったどれかのパンチが相手に当たり、こてんとヒザをつかせた。3つ目のダウンでレフェリーストップ、僕は生涯初のKO勝ちを得た。客席からは「いいぞー、ブルドーザー！」との声が。

因《ちな》みに、僕はいつの間にか「下北のブルドーザー」との異名がついていた。興行のパンフレットには僕の写真の下にカギカッコつきでそう書いてあった。恥ずかしいが、人気が出るのは悪い気はしない。ただガードを固めてゆっくり前進するから、ブルドーザーなわけだ。

タイスケは手足が長く、ここ2試合はヒジで切り裂いて勝っていたからか「城西のカマキリ」という異名だった。タイスケは、

「いいよなオマエは強そうで。カマキリなんて虫だぜ！　踏みつぶせば終わりじゃんか」

と文句を垂れていた。

プロの格闘家を目指す者は、バックボーンが不良だとか補導歴が何回だとか、とにかく社会のはみ出し者が多いというイメージがある。キックもその例に漏れず、喧嘩自慢が更生してチャンピオンに、という美談が目立つが、実際には違う。確かに、元不良のボクサーとかは話題にはなるけど、続けている人は大抵真面目で地味だ。僕も（たぶん）タイスケもそうだ。

しかし下北沢の土地柄、たまに酔っぱらった兄ちゃんが腕試しでジムを訪れる。そんな時に対応するのはほとんど僕かタイスケだ。大抵はサンドバッグを蹴らせれば満足して帰るが、中には「現役（のキックボクサー）とスパーリングさせろ」と要求する奴もいる。そいつが身長1m70㎝以下なら僕、以上ならタイスケが担当する。

嫌がる相手にヘッドギアをつけさせ、3分間好きにやらせる。僕はこの時だけアウトボクサーになり、相手の攻撃をかいくぐる。鼻先にジャブをぺちぺち当てて、最後はお腹に前蹴りか右ストレートを入れて、軽く悶絶させて終わらせるのだ。

タイスケはもっと冷酷だ。いきなり相手の顔面を前蹴りする。その1発で相手はビビる。ガードを固めた素人相手に、タイスケはニヤつきながら頭を掴み、左右に振り回してヒザを当てまくり、相手がこらえるとコカす。これを3分間延々と繰り返すので、タイスケが相手をした兄ちゃんは確実に入会しない。それだけ奴のファイトスタイルは相手には厄介で、ある意味最強なのだと思った。たとえそれが後楽園では野次に曝されようとも。

とにかく、僕もタイスケも不良とは程遠いので、めったに怒りに駆られたりしない。たまに試合で、始めのグローブタッチを無視して殴ってくる奴にはキレるけど、基本は淡々とやっている。タイスケも試合自体はいたってクールだ。

しかし入門3年目に一度だけ、2人が同時にキレたことがあった（実際はタイスケの後に僕がキレたのだが）。

当時、協会のバンタム級で無双していた土居タケシという選手に刺客を送ろうと、会長は交流しているオランダのジムから、自国のキック王者を招聘《しょうへい》していた。年は17歳、青い目で金髪の「ジャーメイン」という少年だった。華奢《きゃしゃ》だが、ミドルとヒザが強そうなのはサンドバッグの音で分かった。

その、日本バンタム級最強の選手と闘うために、試合の1カ月前から来日して唐木田ジムで調整していたジャーメインは、そろそろスパーリングをしたいと会長に懇願してきた。会長は頷き、その相手に僕を指名したのだ。

タイスケではデカすぎるし、試合前の選手を壊すといろいろ面倒くさい。僕は社会人だから適当に合わせるだろうと会長は踏んだのだ。僕もチャンスと思い、レガースとヘッドギアを装着していると、会長が、

「なぁ、アレは3週間後試合だからよ。分かってるよな？」

と僕に耳打ちした。つまり相手に当てるな、マス・スパーリングをやれってことか。

「分かりました」

と返事して、リング上のジャーメインを見た。気性が荒そうだ。フレームはやけに小さいが、真っ白な手足には太い血管が浮いていた。タイスケを見ると、口の形がやっちまえと言っていた。僕は僕で、ふ～んオランダ人か。ラモン・デッカーくらいしか知らないな、とぼんやり考えていた。


ゴングと同時に、予想どおりジャーメインは突っ込んできた。僕は、かつてタイのランカーたちをフックの連打でなぎ倒した「地獄の風車」ことラモン・デッカーみたいに左右のフックで対抗しようとしたが、すぐに距離を潰された。ジャーメインはジグザグに前進しながらジャブを散らして、僕をかく乱した。僕は下がって距離を保つが、気が付いたらコーナーを背にしていた。前蹴りで突き放そうとすると、ジャーメインは僕の蹴り足を掴み、軸足の右太ももに本気のローキックを打ってきた。痛い！　転ばす目的の蹴りじゃない。

そしてジャーメインは、相撲の「猫だまし」のように両手のグローブを、僕の目の前でパン、と叩いた。僕は驚いて目を瞑《つむ》ってしまった。次の瞬間、僕の胃袋の辺りになにかが突き刺さった。

あぁ。まるで腹の中に鉛が入ったようだ。その鉛は熱く煮えたぎっていて、僕の内臓を燃やし尽くす勢いだ。鉛を吐き出したい。でも吐き出せない。要するに息ができない。

ジャーメインのヒザを腹に喰らった僕は、上体を「くの字」に折り、横倒しに寝た。寒いわけではないが、震えが止まらない。息がしたい、呼吸がしたい。

「むううっ…むうぅっ」

僕の呻き声は、まるで解体間際の家畜みたいだった、と後にトシキさんが教えてくれた。ダンゴムシのように身体を丸めて、横向きのまま僕は泣いている。皮膚からはあぶら汗、口からは涎《よだれ》が溢れ出す。タイスケは介抱に困っているのか、僕の背中をずっと擦っていた。

上を向くと、またも会長の鼻の穴が見えた。

「いつまで寝てんだよ！　チャンプの練習の邪魔だろうが」

僕はタイスケに脇を抱えて引きずられ、リングから降ろされた。ストレッチマットに寝かされたまま、回復するまで放っておかれた。リング上を見る。ジャーメインは何事もなかったようにミット打ちしていた。

上体を起こした僕に、会長が言い放った。

「おい、チャンプから実戦の手ほどきを受けたんだから、お礼くらい言っとけよ」

一部始終を見ていたタイスケは、

「会長、コイツまだ回復してないんで、俺が代わりにお礼を言ってきます」

とリングに向かった。嫌な予感がした。「待てよ」と奴の肩を掴んだが、目が違う。その目は「ハモ」ではなく、むしろ感情の読めない山羊《やぎ》を思わせた。タイスケは僕の手を振り払い、ロープを跨いでリングに上がった。両手にはいつの間にかパンチンググローブがはめられていた。


リング上のチャンプにタイスケはすっと近寄り、肩をトントンと叩く。彼が振り返ったタイミングで、タイスケは長身から右拳を振り下ろし、彼の顔面中央に命中させた。

タイスケの体重の乗った右ストレートをまともに受けたチャンプは、コロコロと床に転がり、仰向けになったら動かなくなった。白目を剥いている。

僕は青くなった。コイツ、やっちまった。

そこからの記憶はコマ送りというか、ストップモーションだ。恐らく僕自身の理性が壊れたからだろう。思い出す限りだが、タイスケが失神させた直後に、ミットを持っていたトレーナーがタイスケにタックルをした。タイスケは転がってうつ伏せになり、その上に馬なりに乗っかったトレーナーは、タイスケの後頭部を素手で執拗に殴り始めた。タイスケは頭を押さえて防御しているが、巨体に乗っかられたので身動きがとれない。殴られ続けるタイスケを見て「まずいな、このままじゃ死んじゃうな」と僕は思った。

僕はロープを跨げないのでくぐってリングに入り、タイスケに跨がるトレーナーの後頭部に左ヒジを打ち下ろした。「ノォッ！」とスキンヘッドのトレーナーが叫び、振り返った。打った左手全体がビーンと痺《しび》れている。僕は構わず右のヒジを振り回して、トレーナーのワシ鼻に狙い打ちした。初めて人間に当てたヒジ打ちだが、タイミングはドンピシャだった。鼻がへこんだトレーナーはその場で脱力し、タイスケに被さって動かない。

そして静かになった。

この静寂が怖かった。

何秒経ったのだろう。失神した2人のオランダ人、頭を押さえているタイスケ、そしてそれを見下ろしている自分。22時の終業時でもないのに、この静けさは気持ち悪い。

沈黙を破ったのは、僕に襲い掛かったオランダ人のマネージャーだった。僕は背後から腕をまわされ、首を絞められた。オランダ語だか知らないが、なにやら僕に汚そうな言葉を吐いている。気が遠くなっていく。ここでようやくトシキさんとティーヌンさんが加勢してくれた。


しかし、この騒動は事の成り行きを見守っていた会長によって収束された。首を絞められている僕から引き剥がそうと、トシキさんとティーヌンさんはマネージャーを押さえようとした時に、発砲音が響いた。僕を含む4人は固まった。失神していたオランダ人2人も跳び起きた。タイスケは、会長が拳銃を懐にしまうところを見たらしい。

「お前らゲストになんてことしやがんだ！　もう出てけ！　二度と敷居を跨ぐな！」


かくして僕とタイスケは、Tシャツにムエタイパンツのまま、ボストンバッグを抱えながら週末の下北沢商店街に放り出された。寒くはなかったが恥ずかしかった。

とりあえず2人で笹塚公園まで歩いた。

「お前、頭は大丈夫か？」

僕が訊くと、タイスケは後頭部を擦りながら、

「デコボコになっちまってる」

どうやら大丈夫そうだ。

あの日の出来事は、その後も互いに振り返りはしなかった。タイスケは僕のために理不尽なオランダ人チャンプを殴り倒した。僕は、無抵抗のタイスケを殴り続ける大男が許せなくて、葬ろうとヒジで失神させた。行動が青臭いし、互いの思いやりがなんだか照れ臭いのだ。

しかしこの時は、２人とも破門されるのか？　との不安ばかりが僕の脳内を埋め尽くした。タイスケも同様だっただろう。それを振り払うかのように、どちらからともなく「呑もう！」と言い出して、僕らはムエタイパンツにＴシャツのまま、手羽先の居酒屋に向かって歩いた。

結局は、本気でヒザをぶち込んだチャンプの非も認められ、僕とタイスケは１カ月の出入り禁止で済んだ。要は、オランダ人たちが帰国しないうちはジムに来るなってことだ。

因みにチャンプと土居タケシの一戦は、終始チャンプが圧倒していたが、ホーム判定の0対2で敗けた。先のトレーナーは「クソジャップめ！　シマグニ根性が」と吐き捨てて帰国していったらしい。


しかし、ジムに行けないのは痛い。僕はホッピーを呷《あお》りながら、

「どうせジムに行けないなら、自主練を増やして強くなっちゃおうぜ！　お前どうせ昼間はヒマだろ？　ムエタイとか昭和のキックのＤＶＤを貸すから。それ見て考えてくれ」

「はぁ？　それって俺が練習メニューを創ったりすんのか？　やだよ面倒くさい！」

「面倒くさいとはなんだ！　俺はフルで働いて、朝の4時から眠たい目を擦って練習メニューを作ってきたんだ。たまにはお前がやれよ」

僕はきびきびとホッピーを割りながら、

「まだ終電は先だから、俺んち来いよ。ＤＶＤを持てるだけ持ってけ」


二日酔いの土曜日を乗り切った僕らは、いつもなら唐木田ジムに出向くのだが、今日は笹塚公園で待ち合わせた。スポーツバッグを背負って、気合いを入れて公園に着いたら、先にいたタイスケはなぜかブランコに乗っていた。辺りを見回すと、未就学児たちが走り

回っている。ベンチにはママ友集団が陣取っていて、とても若者2人がキックの練習なんかできる雰囲気じゃない。タイスケに「よぉっ」と声を掛けると、和気あいあいと交流していたママさんたちの会話が止まり、僕は凝視された。タイスケはブランコから降り、僕に近づいて、

「ここは日曜日は無理だよ。下手すりゃ警察に呼ばれちゃうかも」

確かに、と僕も思った。

結局、出入り禁止中の自主トレは、平日は暗くなる夜7時から2時間行い、日曜日はタイスケのマンション、つまり奴の彼女の部屋なのだが、カオルさんは毎週日曜に埼玉の実家に帰っているみたいなので、留守中に例のDVDを見て、新たなコンビネーションやカウンターの技術などを互いに研究する時間にしたのだ。

週5日の公園トレーニングと、日曜日のキック映像研究を繰り返した1カ月。この期間は、僕はキックボクサーとして、一番成長した時期だったと思う。練習時間自体は、ジムよりも短いが、その分、充実した練習ができた。とりわけ、タイスケが考えてきたコンビネーションは新鮮で、これを実戦に使ってみたい、と思わせるモノばかりだった。

7月に入り、オランダ人たちも帰国して僕らはジムに戻れた。復帰した翌日に僕はトシキさんから「スパー付き合ってよ」と声を掛けられた。トシキさんはフライ級の現役王者。他団体との交流戦でも、その団体の王者を圧倒している。僕はチャンスと思い、
「はい、お願いします」

トシキさんは攻撃に入るタメが少ない。アップライトの構えからは、なにが放たれるのか予測がつかない。格上に胸を借りるには自分から手を出すのが礼儀だ。僕はコツンと奥足へローキックを放ち、左ジャブを伸ばす。当然のように当たらない。トシキさんは小さく左足を引き、さっそく左ミドルを放ってきたので、僕は咄嗟《とっさ》に上体をのけ反らした。左足はアゴをかすめた。1回転してよろけるトシキさんに前蹴りを押し込むと、なんと尻もちをついてしまった。

体重差があるにせよ、僕はトシキさんに尻もちをつかせた自身に驚いてしまった。でも僕の見せ場はここだけで、残り時間はメッタ打ちされたのだが。

タイスケには、フェザー級4位の菅山さんが「首相撲やろうか」と誘ってくれた。菅山さんはタイスケよりは背が低いが、長身を活かした首相撲の名手だ。奴はどう挑むのか？

結果的にはタイスケは10分の中で菅山さんを3回コカした。トシキさんに尻もちをつかせた僕と、菅山さんを首相撲で圧倒したタイスケに、会長がにじり寄ってきた。

「お前ら、まさかウチに来られない期間に、どっかのジムに出稽古してたのか？」

「違いますよ！　笹塚公園で自主練してただけです」

会長は溜め息をついたが、それ以降は僕らの練習に口を出さなくなった。

その年の年末に僕とタイスケは後楽園の興行に出た。僕は得意の泥仕合でライト級8位のランカーを2回に戦意喪失させ、念願のランカー入りと同時に、ヒジありの5回戦に昇格が決まった。3戦目から5回戦で闘っていたタイスケは、フェザー級3位の相手を顔面前蹴りと首相撲で弄《もてあそ》んだ挙げ句、ガードの隙間に縦ヒジを入れた。相手のオデコがスパッと切れ、流血させてTKO勝ちをもぎ取った。

しかし、王道ともいえるタイスケの試合運びに対し、観客の反応は冷たかった。一方、喧嘩の延長ともいえる僕の殴り合いは盛り上がる。観衆の騒ぎようはまるでプロレス興行の様相で、中盤からは「ブルドーザー」の大合唱。僕は嬉しい反面、複雑な心境だった。

本当はタイスケやトシキさんのように、美しく闘いたいのだ。相手の攻撃を捌き、フェイントを織り交ぜながら急所を突き、カウンターで仕留める。ゴング前は、なるべくスマートに闘おうと思うのだが、いつの間にかシバキ合いになる。1試合目から会場が温まるのは興行的に好都合らしいけど、進歩も進化もない僕自身は気に入らない。

タイスケの動作は無駄がない。シュッと息を吐きながらの左ミドルは牽制《けんせい》。「ンダァーッ！」と叫んで放つ左ミドルは仕留める時だ。強弱の使い分けは、誰にも教わっていない。恐らく、僕が貸したDVDを見て覚えたのだろう。粗削りだが、奴のスタイルはさらに進化していた。

とはいえ、無傷のタイスケはタオルを被りながらうな垂れていて、励ます僕の顔はジャガイモみたいにいびつに腫れている。しまいには「手羽先で呑もうぜ」と誘うのがルーティンになっていた。

しかし入門4年目の5月、2人にチャンスが訪れた。僕は3戦目からの5連勝、タイスケは無傷の9勝7KOで波に乗っていて、共に早く試合がしたいと思っていたタイミングだ。

国内のフライ級では無双状態だったトシキさんの、タイ遠征が決まった。相手はルンピニーバンタム級の現役王者。ノンタイトルだけど、国内や欧州にも敵がいないトシキさんに、ムエタイのトップに日本人が通用するか？　という僕にとっても興味深い試合の補佐として、僕とタイスケが会長から指名されたのだ。

僕はイエスと言うだけだった。有休はまるまる20日間残っている。今は仕事的に閑散期だから、休んでもクビにはならんだろう。「ありがとうございます」と言いかけたら、タイスケが割って入ってきた。

「会長、もちろん俺らはトシキさんにも会長にも世話になってるんで、遠征には同行しますけど、ひとつ条件があります」

「条件？　お前が条件を提示すんのか？　面白えな。なんだ？」

タイスケは僕を指して、

「コイツは会社に勤める社会人です。仕事を2週間も休むのは無理がある。それに俺だってなにかと忙しい。でもトシキさんがルンピニーの王者に勝つための力にはなりたいんです」

「そうか。で、なんだ？」

タイスケはなにを言おうとしてるのか。

「会長は現役時代に何度も向こうで試合してきて、今でも現地とは繋がってるんですよね？　だったら、俺とコイツの試合を組んでくれるのも、簡単でしょ？」

「ほう、つまりお前は忙しいなか、トシキの遠征を手伝う代わりに自分らも試合をさせろってことだな」

会長は苦笑した。

「分かったよ。お前ら2人は休まずに練習に来ている。1年中休まないのはトシキとお前らだけだからな。じゃあ明日にでもラマンダンに電話してフェザーとライトの相手を探させるよ。それでイイんだよな？」

タイスケは、

「はい。それなら俺も都合つけて2週間カラダを空けられますから」

会長が煙草を吸いに階段を下り切った後、僕は絶叫した。社会人経験のないタイスケが会長と交渉できるとは。度胸の良さはリング上だけじゃなかったわけだ。

「お前、本当は営業が向いてるんじゃねえの？」

と奴をからかったが無視された。

会長が戻ってきて、

「タイスケ、お前は現地でトシキのスパーに付き合え。相手はお前よりちょっと小さいだけで、体格は似てるしな。首相撲やミットにも付き合えよ」

タイスケは、はあいと生返事をした。僕に対しては、

「オマエは語学が堪能みたいだから、現地の言葉をマスターして、トシキが滞在中に困らないようにサポートしてくれ」

「はぁ俺がですか？　通訳ならティーヌンさんを連れてけばイイのでは」

僕はリング上でトシキさんのミット持ちをしているタイ人トレーナー、ティーヌンさんを指さした。

「あぁ？　あいつは駄目だ。向こうでクスリの斡旋《あっせん》してたのがバレて、国際手配されてるからな。あんなの連れてったら、こっちまで犯人隠蔽《いんぺい》で捕まっちまう」

僕は確かに仕事の必要上、少し英会話はできる。しかし、当然のごとく英語とタイ語は全く違う。しかもタイ遠征まで2週間しかない。僕は帰りに駅前の書店に寄り、CD付きのタイ語会話テキストを探して、1番分厚いものを購入した。ジムではティーヌンさんに

教われればなんとかなりそうだ。この2週間で自身の減量と、毎回であるタイスケの体重管理に加えて、タイ語を習得しなければならない。今回はやることが多すぎる。

パスポートの期限はまだ1年以上あった。タイスケは飛行機すら乗ったことがないらしい。僕は都庁の旅券課に奴を連れて行き、帰りはムラサキスポーツに寄ってムエタイパンツを買い直した。奴はワゴンRの助手席で丸まりながら、

「なあ俺に感謝しろよ、タイで試合ができるんだからな」

僕は無視して運転に集中した。


タイ遠征までの2週間はあっという間に過ぎた。

僕はタイ語を習得するにあたって、ティーヌンさんと関わる時間が多くなり、自然とミットを持ってもらう頻度も増えた。

「アナタ、ガード低いね。守るのはアタマと顔よ。なんでオッパイばかり守るの？」

僕の癖として、疲れるとガードが胸まで下がる。

「そんなに顔を見せてたらヒジの餌食よ。タイ人は顔が空いてたらすぐにヒジで切るよ」

僕は、タイ人に額を切り裂かれて、血まみれになる自分を想像した。

「たとえアナタが得意なフックで何回もダウン奪っても、タイ人がオデコを切り裂いたらそこでジ・エンドよ。イイの？　嫌でしょ。だったらグローブでオデコ守らないと」

「因みにティーヌンさん」

「なに？」

「タイ語でヒジ打ちってなんて言うんですか？」

トシキさんが駅前のパチンコ屋バイトから戻って来た。

「あ〜ゴメンね！　トシキのスパーに付き合うから、今日はここまでね」

「はい。ありがとうございました。コーップンクラップ」

と僕は合掌した。


タイ遠征が決まってからのタイスケは別人になった。僕が7時にジム入りした時には、すでにスパーを終えて、腹筋ベンチに腰を下ろし肩で息をしていた。「ンダァーッ！　ンダァーッ！」と奇声を発して、狂気のごとくミットを蹴りまくる。めったに体勢を崩さないタツミさんが、ミットを持ったままリング下に蹴り落とされた。首相撲はもはや、タイスケと対等に渡り合う者はいなくなり、3分ごとに交代して延々とやっていた。頬もこけてきて、自然と減量できている様子なので、今回は僕が気に掛ける必要はなさそうだ。

出発前日、僕はタイ遠征の持ち物リストを作成して、タイスケに渡した。

「お前、明日は8時集合だぞ。今回は遅刻したらシャレで済まんからな。分かってんのか！」

帰り道で歩きながら念を押すと、タイスケは欠伸をこらえながら「ふぁい」と答えるのみだった。「俺は当日寄るところがあるから、1人で成田に直行するよ」と言っていたので、僕は少し不安になっていたのだ。

＊

予想どおり当日は8時半を過ぎても奴は来なかった。会長はイラついていた。トシキさんは耳にイヤホンを入れたまま微動だにしない。さらに10分ほど過ぎてからタイスケが走ってきた。

「バカ野郎！　予想どおり遅刻してきやがって」

と会長が怒鳴ると、平謝りしているタイスケの全身は、なぜか小麦色になっていた。僕は呆れて、

「なんだよお前！　朝の用事って日サロに行ってたのか？」

タイ航空機の国際線はこぢんまりしていた。タイスケは非常時の酸素シューターなどの取り扱い説明のVTRを、怖いのか新鮮だったのか食い入るように見ていた。会長は窓に寄りかかり鼾をかいている。僕の右隣のトシキさんは、相変わらず目を閉じて音楽を聴いていた。通路側のタイスケはシンハービールをひたすら呑み、CAのお姉さんにしょっちゅう声を掛けている。僕はやることがない。

「いいかげんにしろよ。ビール何杯呑んでんだ？　遊びに行くんじゃないいんだよ」

とたしなめても、奴は子供のようにはしゃぎ続けていた。

それでも長時間のフライトで、タイスケもトシキさんも眠ってしまった。2人とも鼾と歯軋《はぎし》りがうるさくて、僕は一睡もできないまま7時間も過ごした。

海外旅行経験がある僕は、ドーン・ムアン国際空港のエキゾチックな外観にはさほど驚かなかったが、タイスケはタラップを降りた時から興奮していた。手荷物検査では、タイスケだけが止められた。浅黒い風貌から東南アジア人と思われたのか、恰幅のいい女性検査官はタイスケを睨みながらボストンバッグから荷物を全て出した。

「なんだよ俺だけ？　荷物はちゃんと詰め直せよな！」

女性検査官はパスポートを見て、タイスケが日本人だと分かると、

「オー、ハポネ？　ＯＫ。ウェルカム！」

と態度が豹変したので、僕とトシキさんは笑ってしまった。

「なーにが微笑みの国だよ！　荷物テキトーに詰めやがって」


検疫も通過して、やっと外のバス乗り場に出た。黒塗りのダイムラーから、杖をついた初老の丸っこいタイ人が出てきた。会長は「ラマンダン！」と叫び、近寄って互いにハグした。

「何年ぶりだっけ？　お前太ったなあ」

と会長が話しかけても、ただニコニコと笑っている。

よっしゃ、通訳の出番だ、と挨拶しようとしたら、トシキさんが、

「ミーディセッカンナンリイナ、ミスターラマンダン！」

と、お久しぶりですと意味するタイ語を話し始めた。

僕は拍子抜けした。

「なんだトシキさん、タイ語喋れるんですか？」

「まあね」

「まあね？　俺がタイ語憶えた意味ないじゃないすか」

「ゴメンゴメン。4年前に1回来てたんだ。忘れてると思ってたらまだ少し覚えてた。でもやっぱ分からないからよろしくね」

と僕は合掌された。


ダイムラーの後部座席でバンコクの街並みを見ていた。コンクリート打ちっ放しの雑居ビルには縦に長い亀裂が走っている。水道管が破裂しているのか、側溝から噴き出る水は噴水みたいで、全裸の子供たちが水遊びをしている。僕は幼少期に過ごした府中のボロ長屋を思い出した。気持ちよさそうだな、とタイスケは呟いていた。


車が止まり、ジムに到着したようだ。会長とラマンダンさんについて行った先は、雑貨のリサイクルショップを思わせる金物店だった。ここのどこにジムが？　と訝《いぶか》ったが、店内の奥には鉄の扉があり、その先には、体育館並みに広いが天井がやけに低いジムがあった。

なぜかジム内の排煙用の出窓には、鉢植えがびっしりと置かれていた。鉢からは藤の花みたいな形の、小さくて黄色い花弁が束になって垂れ下がっていた。花の匂いだろうか。ツンとした刺激臭と、汗と鎮痛消炎剤が入り交じってできたかのような悪臭が、一斉に僕の鼻孔に襲い掛かった。


タイスケが遠慮なく「うあぁ臭え！」と叫んだ。トシキさんが、

「あの花はね、タイの国花でドーク・ラーチャプルックって言うんだよ」

「ドーク？　なんですか」

僕は訊き返した。

「日本ではナンバンサイカチ。恐らく芳香剤のつもりで置いてるみたいだけど、汗臭さと混じって、余計に独特な臭いを作ってるよね」

確かに、この花の設置は逆効果だ。タイスケはなおも「臭え！」と連呼するので会長に頭を叩かれた。

「ここで2週間、みっちり本物のムエタイに浸かってもらうからな！　ここにはラジャやルンピニーのランカーもいる。日本のキック王者なんて、ここでは赤子扱いされるかんな。お前ら覚悟しとけよ」

6本のサンドバッグが吊るされていて、ジム生がそれぞれ奇声を発しながら蹴ったり叩いたりしていた。僕とタイスケが圧倒されていると、

「そうか、ムエタイのジムは初めてなんだっけ。まあどこもこんなもんだよ」

と、トシキさんは教えてくれた。大変なところに来ちまったと僕は思った。

タイスケの視線はリング上のミット打ちに注がれていた。ひたすらミドルを連打するタイ人。汗で艶やかに光る褐色の体躯は、僕が見ても美しいと思った。この青年は何千回、何万回蹴り込んだんだろう？　僕もタイスケもまだ足りてないのだ。


その日はジムでは見学に留めて、夜になると僕らは歓迎会に付き合わされた。とっととホテルで休みたかったが、ラマンダン氏が経営するタイ料理屋で出された「パイナップルチャーハン」に僕は度肝を抜かれた。パイナップルを縦切りにして中をくり抜いた器の中に、チャーハンが詰めてあった。細かく切ったパイナップルも入っているので、甘い。辛いチャーハンなのに甘いという矛盾に、僕は虜《とりこ》になった。その日から2週間、僕はパイナップルチャーハンを食べ続けた。タイスケはパッタイという、タイ風焼きそばを気に入った様子で、僕ら2人は滞在中、その2種類の料理がある屋台を探して過ごした。

雨季のバンコクは日本より蒸し暑い。減量をしなくても2日に1kgペースで勝手に体重が落ちた。ジムの異臭にはなかなか慣れないが、ここでは「強くなること」以外はなにもない、試合で勝つための練習環境としては最高だった。

タイスケの方がより感じていたと思う。奴は早朝の走り込みを始めて、リング上で首相撲を反復していた。ここでもタイスケを軸にして、タイ人の練習生が3人交代でエンドレスの状態だ。タイスケは表情を歪ませていたが、恍惚《こうこつ》としているようにも見えた。

僕らの相手は用意したと言われていたが、誰なのかは試合当日まで分からなかった。

会長は不安な表情を隠さない僕らに、

「そんなのここでは当たり前だよ！　日本のキックは甘いんだよ。対戦相手のビデオまで仕入れて研究できるんだから」

タイスケはトシキさんのスパー相手として、僕は身の回りの世話係としてそれぞれの役割をこなしながら、奇声が飛び交う臭いジムで日が暮れるまで練習した。僕も少しずつ自身の感覚が研ぎ澄まされてゆく様を感じ取れた。

ここでの10日間は、唐木田ジムの1年間より何倍も濃く感じた。

タイでの試合は、外国人でも必須なのが「ワイクルー」という試合前の踊りだ。民族音楽をバックに、自身の勝利とトレーナー、両親への感謝の意味を込めて踊るのだ。

まあ大相撲でも取り組み前に、塩をまいたり四股を踏んだりする儀式があるから、それみたいなモノだろう。ワイクルーはストレッチっぽいので、試合前のウォーミングアップにもなるが、憶えるのには相当難儀した。あと踊る際には「モンコン」という輪っかを頭にはめるが、まるでねじり鉢巻きみたいだ、とタイスケに笑われた。奴は似合っていた。


バンコク滞在10日目。帰国する2日前、つまりトシキさんの試合の前日に、僕らの試合が組まれた。当然に僕らはルンピニーではなく、もうひとつのムエタイの殿堂、ラジャダムナンスタジアムの近くに位置した「プラ・スメーンスタジアム」での興行に出ることになった。14世紀に建てられた要塞に隣接した、屋外式の会場だ。

会場には、ムアンチャイ君にタクシーを捕まえてもらって3人で向かった。彼は僕に現地語とワイクルーを教えてくれて、練習にも一番付き合ってくれたジムの練習生だ。今回は2人のセコンドにもついてくれる。僕にとっては頼もしく、不安感は少し和らいだ。

真っ白な、映画のセットみたいなプラ・スメーン要塞を囲む国立公園。広い敷地の奥にその会場はあった。3人で入ると、すでにリングも客席も照明・音響設備も設置されていた。リング上には5人、リング下の花道周辺では7人が、上半身裸でシャドーを繰り返していた。今日は7試合だから、僕とタイスケを足して14人。人数は全員揃っているからこの中に僕らの対戦相手もいるはずだ。

ゲラ刷りの対戦表を眺めたが、アクソンタイと呼ばれるタイ語の文字はさすがに読めないので、ムアンチャイ君に対戦相手を読んでもらった。

名前は、シリプッチー・プータラポン。

「尻ぷっちんなんて、可愛い名前じゃんか!」

タイスケの冷やかしは無視して、僕はムアンチャイ君に戦績も訊ねてみた。

プラ・スメーン　フライ級5位　戦績9勝3敗　ムエタイ中学生大会で準優勝。

フライ級？　11kgも軽いじゃないか。それに中学生大会で準優勝って、いつの話だ？

「今年の2月って書いてます」

ってことは、まだ15歳？

僕は日本のライト級で（一応）ランカーになっている。11kgも軽い中学生と試合するのか？　辺りを見回した。左奥のトイレの手前で、壁に足をかけてストレッチしている少年がいた。

「たぶんあの子でしょう」

とムアンチャイ君が言った。身長こそ僕とあまり変わらないが、体格は第二次性徴前の子供だ。

成長期前の小枝みたいな少年をメッタ打ちにしていいのか？　僕はRMライフマートジムの濃い10日間を無駄にされた気がした。


タイスケの相手はゴムソープ・ブンタルキー選手。プラ・スメーンフェザー級2位だ。身長は1m70㎝で、僕と変わらない。

「その身長でフェザー級なら、ムエマッドかもしれない」

僕はムアンチャイ君の説明を翻訳してタイスケに伝えた。

「ムエマッドってなんだ？」

「たぶん、パンチ主体でガンガン責めるタイプってことじゃね？」

「じゃあオマエもムエマッドだ。ここにもオマエみたいなのがいるんだ！」

タイスケは喜んだ。

「そんで、俺の対戦相手はどこだ？　おーい！　ゴム石鹸クンいますかぁ！」

と大声を出してから、奴は急に笑い始めた。なにが面白いのか、と僕は思った。

計量時に改めてシリプッチー少年を凝視した。やはり幼児体形だ。こんな子供を対象に大人たちが賭けるなんて、おかしな世界だ。案の定体重は54kgしかなく、僕はばっちりライト級だ。7kgのアドバンテージ。少年は僕と目が合った時、屈託なく笑顔を見せた。手加減してね、の意味だろうか?

タイスケの相手、ゴムソープ選手はタイスケと睨み合っていた。体幹は僕よりも太く、背筋がデコボコと盛り上がっていた。予想どおりムエマッドかもしれない。

僕が3試合目、タイスケはセミファイナルだから、互いのセコンドを務める時間的な余裕はあるが、不安だったので、ムアンチャイ君が2人のセコンドについてくれるのは本当に助かる。彼は献身的に僕のバンデージを巻いてくれた。松やにの塗り方もさすがに上手だ。

開場して15分、会場は満員になった。前の2試合ともフルラウンドの判定決着になったので、僕は入念にアップができた。タイスケが「あんなガキ、蹴散らして踏みつぶしちゃえよ!」と激励を送ってくれた。僕はといえば、ワイクルーをちゃんと舞えるだろうか?

と考えていた。

花道をゆっくりと闊歩《かっぽ》する。リング下では、ムアンチャイ君がモンコンをつけてくれた。僕は合掌してからリングに上がったが、対戦相手は先にリング内でシャドーしている。向かい合った印象は計量時と変わらない。年の差11歳、決して舐めてはいない。まずは先手を取って相手をビビらせよう。民族音楽に合わせてワイクルーを踊る。この享楽的なメロディは、試合中ずっと流れているのだ。調子が狂いそうになったが、モンコンを外されている間も、僕は集中して自分がやることを確認していた。

ゴングが鳴った。予定どおりアップライトで構える相手に対して、僕は猛然と突っ込んだ。そして相手のヘソをめがけて、前蹴りを直線に放り込んだ。

シリプッチー君は咄嗟に反応して、ヒジでお腹をガードしたが、勢いで尻もちをついた。当然にスリップでノーダウンだが、出だしは上々。しかし、大のオトナが子供相手に奇襲していいのか？　と一瞬迷った。それがいけなかった。

立ち上がったシリプッチー君は目つきが鋭くなり、僕は一瞬ビビった。が、追撃のつもりで左ミドルを彼に思いっきり振った。

彼は上体を反らせてよけると、お返しのテッサイを蹴ってきた。ガツッ、という硬い音がして、僕の右手が痺れてしまった。こんな華奢な中学生が放つテッサイは、日本人の誰よりも硬く、そして重かった。歓声が大きくなる。テッサイはムエタイの花だ。僕はたじろぎ、無意識に後退したらしい。気が付けばロープを背にしていた。

相手は摺り足で距離を潰してきて「シャーッ！」とテッサイを放ち、その足でヒザを尖らせ僕の腹に刺しこむ。両手ガードの上から効いてしまった。僕は堪らず抱き着いたが、シリプッチー君は僕の首を掴んだ。僕はさんざん振り回され続け、コカされた。始まったばかりなのに、僕は最終ラウンドのような疲労感に捉われた。立ち上がる際に、リング下のタイスケと目が合った。

「相手に付き合うなよ！　オマエの土俵でやれよ！　あいつの身体を見てみろよ！」

タイスケに言われて、改めてシリプッチー君を見る。なるほど。彼はまだ子供で、身体は完成されていない。キックのうまさでは勝てないが、パンチは体力が関係する。つまり、打ち合いならこっちに分があるはずだ。

僕は左右に蛇行しながら近づいて、右にズレた瞬間に時間差で左フックを放ったが、これが当たって相手の上体が右に泳いだ。僕はチャンスと思い、打ち下ろしの右ローを放つと、ますます彼の身体は傾いた。しかし、彼はすぐに体勢を立て直して、左足をムチのようにしならせて、再び強力なテッサイを放つ。僕の上体は吹っ飛ばされた。

華奢なのに蹴りは重たい。僕はいったん後退して、仕切り直した。蹴り合いでは敵わないが、パンチの圧力なら負けなさそうだ。

「詰めて、詰めて左右フックとローだよ！　オマエそれしかねえだろうが！」

タイスケが叫ぶ。僕はムッとした。

僕はじりじりとシリプッチー君をコーナーまで追い詰め、左太ももにしつこくローを連打した後に、左右のフックをまとめ打ちした。僕が追い詰めた先は、相手のコーナーだったので、彼のセコンドがなにやら叫んでいる。

「ティーソーク！　ティーソーク！」

ティーソーク？　なんだそれと思いながら、僕はノーガードでフックを打ちまくっていた。そして最後の1発を避けられて、僕の上体が右によれた瞬間、相手は強烈なインローを左太ももに打ち込んできた。痛い！　と思ったその瞬間、シリプッチー君の右ヒジが飛んできた。

カツン、という軽い衝撃音。痛みはほとんどなかった。しかし、僕の左半分の視界は、デビュー戦と同じく、サッと黒幕が入って遮断された。

レフェリーはすぐに気付き、ドクターを呼んだ。ふわりとロープを跨いだドクターは、僕の切れた左眉上をチェックし始めた。傷の深さを調べるためか、ドクターは傷口に指を入れてくる。この時に初めて痛い！　と思った。傷口から指を離したら、鮮血がぴゅーっと噴出した。ドクターは無表情で両手を交差した。レフェリーも同じく交差して、試合は終わった。1ラウンド2分52秒、ヒジのカットによる僕のＴＫＯ負けが決まった。

タイスケは大きめのタオルを持ってリングに上がり、僕の左目に押し付けた。

「痛いよ、傷口広げる気かよ！」

と僕は怒った。奴は少し淋しそうな表情をしていた。

タオルを頭に巻いた僕は、四方に会釈してリングを降りた。ムアンチャイ君に、

「ねえ、ティーソークってまさか……」

彼は自分のヒジを指さした。あぁそうか。さんざんティーヌンさんからヒジには気をつけろと言われていたのに、結局は中学生のヒジ一閃で僕のムエタイ挑戦は終わってしまった。しかも1ラウンドもたなかった。

控え室でドクターを待っている間に、シリプッチー君が入って来た。横たわる僕にひざまずき、なにやら早口で喋っている。聞き取れないが、僕は身を起こして「コップークンラップ」と合掌した。まだあどけない中学生に、僕は見事に粉砕された。

さっきのドクターが来て「横になってね。縫ってあげるから」と言い、やけに太い針と糸巻きを取り出した。縫われるのは慣れているが、5㎝はある傷口に、縫ったのはたった3針だった。日本のリングドクター以上の大ざっぱさだ。

「とりあえずこれは応急ね。国に帰ったら、病院で縫い直してもらった方がイイよ」

＊

僕は縫合された左まぶたが止血しているのを確認してから、2試合後に控えているタイスケの試合準備に取り掛かり始めた。

バンデージをきつく巻きながら「メリケン（鉛）仕込んだから、目一杯に殴れよ」と言ったが「つまんないよ」と返された。奴のハモ目は、獲物を見つけた猛禽類のように昏《くら》く光っていた。コイツは一番いい状態に持っていっているな、と僕は思った。

「オマエと3年間スパーやってきて、今になって役に立つかもしれないって、面白えな」

「ん？　体格が似てるからって、俺と同じスタイルとは限らんけどな」

「いーや、あのゴム石鹸の背中を見たか？　デコボコしてて、オマエにそっくりじゃね？」

「知らねえよ。自分の背中なんて見られるわけねえだろ」


ダラダラと話していたら、前の試合がKO決着だったらしい。出番だぞ！　と進行係が叫んだので、僕とムアンチャイ君は大慌てでワセリンと松やにを混ぜた。タイスケの褐色の全身はテカテカだ。

「脇は塗るなよ！」

「分かってるよ！」

いつものやりとりだが、奴の目はらんらんと輝いている。手に余ったワセリンをオデコに塗ってやり、背中を思いきり叩いて奴を送り出した。

タイスケはロープを跨いで、リングに先に上がった。反対の花道をゆっくり踊りながら歩くゴムソープ選手を見る。本当だ。肩回りのゴツさや、足の短さは僕にそっくりだ。タイスケは「なっ？」と僕に振り返る。とはいえ、闘い方まで僕に似ているとは限らない。

腕につけるパープラチアットにしろ、モンコンにしろ、タイ人かと思うくらいにタイスケに似合っているのだが、奴のワイクルーは僕よりも酷かった。下手というよりも、まともにやる気がなく、僕は観客からのブーイングが怖かった。

しかし、舞の最後に奴は、おもむろにゴムソープ選手に近づいて、竹刀を振りかざすように両手を上げて、大声で「めーん！」とエアー竹刀を振り下ろした。

僕は両目を瞑った。どうしよう、反感を買われる。しかし観客からは笑い声と拍手が上がった。日本のサムライと思われたのだろうか。「チャイスキー！」との声援まで聞こえた。因みに奴は今回「タイスキー・ＲＭライフマート」のリングネームで上がっていた。


ゴングが鳴った。タイスケはいつものように左足をトントン上下させ、猫背のアップライトで相手を睨み付ける。ゴムソープ選手はどうか。ジリジリ摺り足で接近してくる。リーチで断然勝っているタイスケは、挨拶代わりに顔面狙いの前蹴りをノーモーションで発射させた。

ムエタイらしくない立ち上がりに、ゴムソープ選手は面食らったらしい。咄嗟にガードしたが、上体を弾かれてたたらを踏んだ。タイスケは前進して、身体ごとぶつけるような左ミドルを叩き込んだ。ガチッと縮まった相手の身体が開いた。急にチャンスが来た。僕は「カラダ開いたぞ！　ヒザ入るぞ！」と叫んだ。奴は咄嗟にスイッチして、左ヒザを真っすぐ飛ばした。しかし相手も上位ランカーだ。咄嗟に身体を捻って、腹への直撃をかわすと、円盤投げのような右フックを振ってきた。身長差があるのでタイスケの顔には届かずに肩にバスン、と当たった。その返しに、ボディを狙った左フックが真横から飛んできた。タイスケはヒジでブロックしたが、腕をも折ろうと言わんばかりの剛腕だ。

タイスケは自分から距離を取った。始まって1分過ぎで全身は汗まみれ。奴は明らかに相手のパンチにビビっている。スタイルは僕に似ていたので、タイスケは闘いやすいはずだ。それなのに奴は、ゴムソープ選手のパンチ2発に呑まれている。

でも始まったばかりだ。

「なにやってんだ！　相手もビビってんだぞ。いつものように蹴りから組み立てろ！」と僕は檄を飛ばした。奴は我に返り、遠い距離からローを放ち相手を崩してから、一歩踏み込んで左ミドルを連打した。パアン、と派手な破裂音が会場に響く。

左ミドルに合わせて「オーイ！」と僕とムアンチャイ君が叫ぶと、そのうちに会場の至るところで「オーイ！」が聞こえてきた。観客を味方につけたぞ、と僕は思った。

左ミドルからヒザのコンビネーションで相手を弱らせ、組みに入ってヒザを連打する。タイスケの必勝パターンだが、相手は逆に密着してきてサバ折りに入る。そしてもつれ合って2人とも倒れる。そんなやりとりが3回ほど続いた。そうして1ラウンド終了。

「ここではパンチより蹴りを取るから、このラウンドは間違いなくお前だよ」

と伝えると、

「判定なんか興味ねえよ」

と奴は呟いて水を飲んだ。

「とにかく離れ際のパンチだけは気を付けて、今のやり方でイイからよ。組み付く際に、ヒジもアリだぞ」

と伝えたら、

「おぉそうだ！　ヒジ忘れてた」

ここでセコンドアウト。

展開は変わらない、タイスケは前蹴りで下がらせて、回り込まれたら左ミドル。ヒザから組み付こうとすると、相手はフックを振ってくる。攻撃がワンパターンなタイスケの動きが読まれているのは仕方ないが、僕はなにか嫌な予感がした。相手はなにかを狙っている。恐らくカウンターだ。ムアンチャイ君も「相手の動き、おかしいですね」と言った。わざとタイスケの攻撃を受けている節がある。

そして前蹴りを喰らい、ロープにもたれかかったゴムソープ選手に、タイスケが逃がさないとばかりに大振りな左ミドルを放った時、その予感は的中した。

相手はロープの反動を利用して、一瞬でタイスケに詰め寄り、左ミドルに合わせる形で、コンパクトな左フックをタイスケのアゴに捻りこんだ。

奴の顔はぐにゃりと歪み、尻もちをついた。一拍おいて、そのまま前のめりに崩れた。

歓声が夜空に吸い込まれた。パンチで倒したのに、こんなに盛り上がるのか。タイスケは顔を上げたが、目の焦点が定まってない。明らかに効いている。

僕は唐木田ジムでの奴とのスパーを思い出した。僕も、今のゴムソープ選手と同様にタイスケの深い懐に飛び込んでの左フックでダウンさせたのだ。タイスケはリーチが長い分、ガードが甘い。攻撃に波が乗っている時は完全にノーガードだ。ゴムソープ選手は前のラウンドで見切っていたのだ。

タイスケは身を起こすが、尻もちしたまま放心している。僕は両手でリングを叩いた。

「タイスケ！　試合中だぞ！　ぼさっとしてねえで立てよ」の声に気付いた奴はスッと立ち上がったが、すぐに右ヒザが横に折れ、ロープに寄りかかった。当然にカウントは止まらず「ペェーッ（8）」とレフェリーのコールと同時にファイティングポーズを取った。


会場は完全にアウェイ状態だ。「サングッ！　サングッ！」との合唱が、どこからともなく聞こえてきて、やがて観覧席全体でこだましていた。僕はムアンチャイ君に、

「サングってなんなの？」

と訊いた。

「スァングですか？　ええと、戦争する時に乗る車で、左右のベルトが回って走る……」

彼は説明に難儀していたが、僕は「戦車（TANK）」のことだと理解した。

僕は「下北のブルドーザー」と言われていたけど、こっちはプラ・スメーンの戦車か。要塞に戦車は似合うが、僕は工事現場だ。分かったのは、タイスケは僕やゴムソープ選手のスタイルは苦手だ、ということ。でも今はそんなこと言ってる場合じゃない。

ゴングに救われた。ダウンしたので、このラウンドは相手に取られた。千鳥足で帰還し

たタイスケに、

「お前さ、3年前に俺に喰らったパンチをなんでいまさら貰うんだよ」

「3年前？　そんなの覚えてられっかよ！」

3年間、同じスタイルで闘ってきた。しかも敗けはなし。それをいまさら変えられるのか。さてどうしよう。会長がいたら「バーカ、情けねえな」と言うかもしれない。

僕は痙攣しているタイスケの太ももを擦りながら、

「とにかく、あのゴム石鹸が近づいたらガードを上げろ！　パンチの打ち終わりには首を掴んで掻き回せ！　うんざりするくらいにヒザを当て続けろ。離れたら前蹴り、中間では左ミドル、その時はガードな」

と、早口でまくし立てると、

「なに？　もう一度言ってくれよ」

と奴は訊いてきた。ここでセコンドアウト。

「いいよ、もう行けよ！　お前の好きなようにやれよ！」

と僕はさっさとリングを降りた。まだダメージが残っていると相手が踏んだのか、3ラウンドのゴングと同時に、一気に詰め寄ってきた。フックを大振りで打ってきて、タイスケのガードが開いた瞬間に、ムエタイ選手らしからぬアッパーカットが飛んできた。血しぶきと共に奴は真上を向き、またもやヒザが折れた。相手にしがみついたが、逆にさんざん振り回された挙げ句、コカされた。

なにか活路はないだろうか？　前蹴りは左右にかわされるし、左ミドルは多用するとパンチを合わされる。もう1回喰らったら終わるだろう。どうする。どうしよう。

4ラウンド。ゴムソープ選手はガードを固め、前のめりでジリジリと寄ってくる。倒す気まんまんだ。

「あの選手、たぶん怒ってますよ」

ムアンチャイ君のつぶやきに、

「へ？　なんで」

と僕は訊き返した。

「タイスケさんは、ワイクルーを適当にやってたでしょ？　あれではムエタイを馬鹿にされた気分になりますよ。人によっては」

なるほど。確かに外国人力士が適当に四股を踏んでいたら、力士でない僕でも腹が立つ。

奴の振る舞いは、ムエタイを舐めていると思われてもおかしくないが、そもそもタイスケは基本的に相手を舐めているのだ。

タイスケがワンパターンの突き放す前蹴りを放てば、相手は戦車らしからぬ動きで左右に身体をずらし、攻撃の隙間を見つけてはカサカサ、とゴキブリのように素早く動いてタイスケの懐に入ってくる。奴が組み付くと相手の腕力でコカされる。う〜打開策が欲しい。相手は完全にパンチでタイスケを寝かそうと、前傾して寄ってくる。ん？　前傾か。

「タイスケ！」

僕は叫んだ。

「離れて、前足を蹴れ！　絶対に当たるから」

タイスケは両手でゴムソープ選手を突き飛ばし、なおも追いかけてくる相手の左ヒザ付近に、ノーモーションでローキックをコツンと当てた。前重心なので、当然に相手は足を上げてのガードはできない。ゴムソープ選手は左によろめいた。タイスケはチャンスとばかりに捕まえようとしたが「まだ早いよ！　いったん離れて、しつっこく右ローだよ」との僕の声に反応して、奴は円状に下がりながら右ローをコツコツ当てていった。

「そうか、前足を蹴られて踏ん張りが効かなくなると」

とムアンチャイ君は言いかけたので、僕は、

「そう。腰の入ったパンチが打てなくなるんだよ。もう、あんだけ前足を効かされちゃあ、ゴム石鹸は倒せるパンチが打てないでしょ」

タイスケは息を吹き返した。左足を引きずって追いかけるゴムソープ選手は、ガードが徐々に下がってきて、タイスケの伸びるジャブも当たり始めたが、ここでゴング。

しかし、戻って来たタイスケも満身創痍だ。残り1ラウンドは泥仕合になりそうだ。そうなれば根性のないタイスケは不利だ。でも、ヒザと首相撲で圧倒すれば、判定はひっくり返りそうだ。しかし僕には戦略は残っていない。

「とにかく、あきらめるなよ。離れたらローを当てまくって、前足折るつもりで蹴れよ。くっついたら、とにかく腕を中に入れて、しつこくヒザ当てて、塩漬けにしちゃえ」

「根性論かよ！　もっとアタマ良さそうなアドバイスくれよ」

そして最終ラウンド、相手は左足を引きずりながら追いかけてくる。タイスケの右ロー

に合わせて、相手は右ストレートを突き上げる。タイスケは鼻血を噴き出した。そのままコーナーに寄りかかる。あぁやばい。腰を落として、相手と同じ顔の高さになったタイスケは、コーナーでハチの巣にされるのか。

最後のチャンスとばかりに、ゴムソープ選手は近寄ってきた。タイスケは下がれない。終わるのか。と僕も思ってしまったが、ゴムソープ選手が鬼の形相で放った右フックに対して、タイスケは狙っていたのか腕を折りたたみ、短い右ヒジをカウンターで入れた。相手の額から霧吹きのような血しぶきが飛び、タイスケの顔は返り血で真っ赤に染まった。やった、タイ人の額をヒジで切ったのだ。僕は興奮してムアンチャイ君と抱き合った。

ドクターチェックの間、僕らはＴＫＯになりますようにと祈っていたが、試合は続行された。

残りの1分は密着しながら殴り合い、ヒザをぶつけ合う。タイスケの鼻血と相手の額からの鮮血が攻撃ごとに飛び散る。その光景は僕が幼少期にＴＶで観たプロレスの試合、「ファンクス対ブッチャー・シン組」を思い出させた。レフェリーの上着も血でぐっしょりだ。そして試合終了。

2ラウンドのダウンが痛かった。判定は1対2でタイスケは敗けた。僕はうな垂れながらリングを降りるタイスケに、観衆の拍手はやまず、奴を驚かせた。僕はタイスケに肩を貸してやり「みんな、おまえが勝ったと思ってるからじゃね？」と、奴の茨城なまりを真似た。

僕は左眉上の出血が止まらず、タイスケは鼻が変形している。互いに満身創痍だが、速攻でシャワーを浴びて着替え、主催者からファイトマネー5千バーツを受け取って会場を後にした。僕らには、明日に試合を控えるトシキさんをサポートする仕事があるからだ。ムアンチャイ君にタクシーを捕まえてもらい、ＲＭライフマートジムに戻った。

「おおぉ、お前ら迫力あるフォルムになったなぁ」

それが会長の第一声だった。

僕は、

「すいません。2人とも敗けてしまいました」

と頭を下げた。

「でも、勉強になったろ？　本場のムエと闘ったら、後楽園なんてぬるく感じるよ。

な？」と、会長は傍にいたトシキさんに振り返った。トシキさんは笑って頷いた。やけに落ち着いてるな、と僕は思った。

＊

会長は僕らの試合内容については訊かなかった。興味がないと見た。頭の中は明日の試合で一杯なのだろう。1対4の掛け率は、絶対不利の証しだ。ルンピニー王者にトシキさんが勝つには？　そればっかり考えているに違いない。

試合開始の直前までは、とにかく忙しかった。僕らは会長にさんざん雑事を押し付けられた。トシキさんの体重調整や、身の回りのフォローに身を捧げた。

それにしても、ムエタイ2大殿堂のひとつであるルンピニースタジアム。ここの緊張感は、僕らが闘ったプラ・スメーンスタジアムとは雲泥の差だ。煙草を水に溶かしたような臭いが立ち込めるなか、総立ちの観客は拳を握りしめて叫び、選手に合わせてシャドーする奴までいる。会場全体が怒っているみたいだ。両手を上げて、指を2本3本と突き出して叫ぶ男は、競馬でいうノミ屋だろうか。闘技場はギャンブル場であり、中央のリングで闘っている選手たちはスターではあるが、観客にとっては闘鶏に見えるのかもしれない。

すっかり呑み込まれている僕とタイスケに、

「凄いでしょ？　俺も4年前はビビったよ。その時は緊張でなにもできないウチに、ミドルからヒザ入れられてKO敗けだよ」

と、トシキさんは涼しい顔で答えた。

「今は平気なんですか？」

「平気でもないけど、少しは慣れたよ」


かくして国内では軽量級を無双してきたトシキさんは、今回はどれくらいムエタイのトップを焦らせるか？　僕も、恐らくタイスケも仄《ほの》かな期待を抱いていた。トシキさんの試合結果はそのまま日本キックのレベルに当てはまる。僕はまだ塞がっていない右目を見開いて、試合の行方を見守った。

結果としては、予想以上に差を見せつけられて終わった。1階級上とはいえ、チャンプの重たいテッサイはトシキさんを徐々に削り、間の取り方のうまいトシキさんが、完全に空間を支配されていた。

閃光と呼ばれたトシキさんの左ミドルが、ことごとくスカされるか、蹴り足を掴まれてコカされる。ノーモーションの左ジャブも当たらない。首相撲では完全に子供扱いだ。

無表情のチャンプからは、時折ナタのように左右のヒジが振り下ろされる。骨と骨がぶつかる音は、セコンドの僕らにも聞こえてきた。2ラウンド以降のトシキさんは、ガードを固めてチャンプのヒジから頭を守るのに精一杯にも見えた。

最終ラウンドは勝ちを確信したのか、チャンプは時折前蹴りでいなしながら逃げまわり、トシキさんは必死に追いかける。あんな形相のトシキさんは初めてだ。


判定では、50対45でルンピニー王者のワンサイドだった。リングを降りるトシキさんの顔は、両頬が腫れあがり額はデコボコだった。これが現役のルンピニー王者か。分かっていたつもりだが、日本で必死こいていた自分が、さらにちっぽけに感じた。

トシキさんも会長もすっかり沈黙してしまった。なんらかの爪跡を残したかったに違いない。でも、トシキさんだから判定までいったのだ。他団体のチャンピオンなら倒されていたと思う。それを本人に伝えようと思ったが、やめた。僕がそれを言う立場じゃないのだ。

トシキさんはその後気分が悪くなり、会長の付き添いで病院に行ってしまった。僕とタイスケは、明日には帰国なので「荷物をまとめとけ」と言われた。僕は宿に戻ろうとタクシーを呼ぼうとしたら、奴が、

「なぁ、バンコク最後の日だから、飯食いに行こうぜ。考えてみりゃ俺ら、朝から忙しすぎてなにも喰ってないだろ」

確かにそうだ。

「でさ、さっきタクシーから偶然にマックを見つけたんだ。久々にマック入ろうや」

僕とタイスケはMRTのサームヨート駅まで歩き、駅併設のショッピングセンター内にあるマクドナルドに入った。僕もさすがにパイナップルチャーハンは食べ飽きた。久々に食べるハンバーガーは、日本のモノとは少し違うが新鮮だった。

トシキさんの試合については、2人とも語ることはなかった。話は自然に互いの試合内容のフィードバックに移った。これはデビュー2戦目から始めたルーティンだ。

「体重と腕力はオマエが有利だったろ？　押し倒しちゃえば良かったんじゃね？」

「そんなアベレージなんて、ひっくり返すのがムエタイの凄いところだよ」

「でもさぁ、相手はフライ級の中学生だよ。もうちょっとできたんじゃねえの？」

「そうだけど……」

僕は5階級下の15歳に左眉上を切られて敗けてしまった。なにも言い訳ができない。タイスケはフェザー級上位ランカー相手に互角に渡り合った。ダウンがなければ判定で勝っていた。奴にとっては初めての敗戦。鼻は曲がり前歯も折れている。しかし落ち込む様子もなく、むしろ爽やかな顔をしていた。

閉店の23時まであと15分、日本の「蛍の光」みたいな淋しい民族音楽が流れてきて、もう帰れと僕らを追い出し始めた。僕はタイスケに、出よう、と促した。奴がボストンバッグを肩に掛けていたことに、僕はこの時初めて気が付いた。


タイスケはショッピングセンターの敷地内から出て、そこから一歩も動こうとしない。

「どうしたんだよ？」

と訊くと、奴はボストンバッグを肩に掛けなおして、落ち着いた声で、

「ここまでだな」

と呟いた。

「なにが？」

と僕は聞き返した。

「オマエには本当に今まで世話になった。感謝もしきれんが、とりあえずどうもな」

「はぁ？」

奴は、

「ここでお別れだってことだ」

僕は再び「はぁ？」と言った。

「俺はここに残る。日本には帰らない。明日、いや今夜から俺はタイ人になるんだ」

「はぁ？」

３回目は、わざと言った。

「しつけえよ」

奴はイラつき始めた。

「お前なにを言ってんだ？　飛行機に乗らないで、そのままここに住むって言いたいのか？」

タイスケは、

「そうだよ。やっと意味が分かったか」

と淡々とした口調で返してきた。

僕は一気にまくし立てた。

「お前さ。自分が言ってることの意味を分かってんのか？　ここに住むって？　タイに国籍を変更するのか？　法律を知らなくても、ビザって言葉くらいは知ってるよな？　外国に長く滞在するには労働ビザとかが必要だし、国籍を変えるのも簡単じゃないんだぞ」

タイスケは神妙な面持ちで聞いていた。

「それに、外国人がみんな欲しがる日本の国籍を捨てるのか？　タイ人の女を引っかけて、国際結婚してタイ人になるってのか？　そもそもビザもないお前が……」

と言いかけたら、

「そんなん聞きたくねえよ！」

と奴が叫んだので、僕は黙ってしまった。

「そんなつまんねえ話、どうでもイイんだよ。なんでオマエはいつも理屈で俺を封じ込めようとするんだ？　そんなこと、俺が日本に帰りたくない、ここで生きたい、暮らしていきたいと思ってるのに比べて、全部くだらねえよ。俺はここに留まりたい、日本にいる俺は、生きてない。バンコクに来て、俺は自分が生きていることに気付いた。やっと気付いたんだ。だから邪魔すんなよ！」

日本では俺は生きていない、だと？　なにを言ってるんだ。お前は恵まれた体格を活かして勝ち続け、国内ではトップを狙えるキックボクサーだと言われてんだぞ。会長が一番買ってるのは、トシキさんじゃなくてお前だぞ。それに日本には性格はキツそうだが、美人の彼女がいるじゃんか。お？　彼女か。

「じゃあカオルさんはどうすんだ？」

タイスケはピクっと反応した。

「カオルさんはお前の活躍を一番喜んでたし、今もマンションで、お前の帰宅を心待ちにしているはずだよ。そんな彼女を裏切るのか！」

僕は適当に話を盛った。

「カオルさんを捨てるのか！」

聞いていたタイスケは突然、カハーッと笑い始めた。僕は黙って、奴が笑い終えるのを待った。泣くほどおかしかったのか、奴は涙を拭ってから、僕に言い返した。

「オマエよお、よくそんなこっぱずかしい嘘言えるなぁ。あの女が俺を応援しているだと？　早く帰ってきてほしいだと？　そんなわけねえじゃねえか！　それどころか、俺は追い出されてここに来てるんだよ」

へ？

「……追い出された？　どういう事？」

「日本を発つ前日にマンションに戻ったら、ドアの前にこのボストンバッグが置いてあってさ。バッグの上には俺の下着が無造作に重ねてあったよ。鍵は開きやしないし。俺がジムにいる間に、あの女は鍵を交換しやがった。用意周到だよ」

僕は冷静になろうと努めた。

「へえ。ってことはお前は閉め出されたわけだ」

「そのとおり！　まあ確かに俺がバンコクに行くって伝えてからは、毎日喧嘩してたよ。ふた言目にはキックなんかやめて仕事を探せってな。ここに来る前の3日間は、なにを言っても無視されたしね」

「で、でもさ。賃貸のマンションでそんな簡単に鍵って換えられるのか？」

「そりゃできるさ！　だってあのマンションはオーナーがあいつの親父だもん。パパにひと言伝えておけば、その日のうちに鍵交換できるだろうよ」

「じゃ、じゃあその夜はどうしたんだよ？　笹塚公園で野宿でもしてたんか？」

「んなわけねえだろ。その夜は、駅前にある無人の日サロに泊まったよ。まあカネ使わんのも悪いんで、15分だけ肌を焼いたけど」

僕は唖然としていたが、

「俺はとっくに実家とは縁を切ってるし、兄弟もいない。全てを断ち切ってバンコクに来たんだ。オマエには、もっと早く言おうと思ってたけど」

「まあ、もうちょっと待てよ。この時間ならまだ空いてる店はあるから……」

と、僕は時間を稼ごうとした。


「やだね！」

と奴は叫んだ。

「俺は日本からこの国、バンコクに来てやっと、自分が生きてることを実感したんだ。高校に入った時、手足が長いだけでハンドボール部に勧誘されて、キーパーにあてがわれたけど、3年間はレギュラーどころか控え選手にもなれなかったよ。高校を出てからは親父の仕事仲間の水道屋に雇われたけど、半年もたなかった。水道屋からもお袋からも使えない奴だと言われて、どうしようもなくなって東京に来たんだ。そして偶然オマエを見つけたよ。キックを始めたのも偶然だ。格闘技のキャリアがあったオマエやジムの先輩たちを蹴り飛ばして、コカしていたら『俺、生きてるかも』と思えてきたよ。だらしない俺を焚きつけるオマエのお陰で、俺はあの団体じゃ敗けなくなったけど、俺を認める客はいない。ああ、ここも俺の生き場所じゃないと思ったよ。でも、オマエだけは俺を認めてくれた。オマエに認められている時間だけは、俺は今、生きているかも、とよく思っていたよ」

僕は少しくすぐったくなった。例えば卒業式とかで、後輩の女の子から制服のボタンを要求された時って、こんな感じだろうか？　それにしても、奴がここまで自分の話を長々と聞かせるとは思わなかった。

「でもよう、お前は……」

と言いかけたが、遮られた。

「オマエがわざわざ仕事前なのに早朝に下北に来て、俺の尻ひっぱたいてトレーニングに誘ったのは、なぜなんだ？　オマエはただ、自分が強くなりたいんだろ？　俺を強くしてなにかメリットでもあったのか。それとも、ボランティア精神か？」

　僕は「ボランティア」にはさすがに反応した。


　無意識に僕の右拳は強く握られていた。ぶん殴って側溝のドブに落とそうかと考えたが、冷静になった。改めてタイスケの顔を見る。切羽詰まってはいるが、清々しい表情にも見える。奴は僕の正面に向き直った。

「オマエに出会わなきゃ、キックはやってない、オマエに鍛えられなきゃ、今まで敗けなしのキックボクサーではいられなかった。オマエが会長から信頼を得てなければ、トシキさんに帯同してこの国に来る可能性はなかった。俺は、オマエが絡んでいた時だけ、生きていられたんだ。だからオマエには……」

　と言って、奴は口をつぐんだ。


　僕は「ありがとう」の言葉は聞きたくなかった。この時点で、奴は絶対に日本には戻らないだろうと確信していた。ありがとうなんて言うな。感謝なんて聞きたくない。僕は単にお前と一緒にジムや試合で苦しみ、もがいてるのが楽しかっただけなんだ。

僕の想いが通じたのか、タイスケは一歩離れて「すまんな！」と叫んだ。

「本当にすまん。オマエに会わなければ今の俺はなかった。あと、会長やトシキさんに言い訳するオマエを想像すると、それもすまん。なんとかうまく言っといてくれ」

「なんだそれ？」

僕は脱力した。

「オマエは社会人だから、立ち回りがうまいから会長たちに俺を探させないようにしといてくれ。な？」

な？　とはなんだ。なにを言っても無駄だ。「分かったから、もう行けよ」と言うべきか。

タイスケは僕の心象が読めるのか「じゃあな」と言って踵を返し、立ち去ろうとしたが、僕は、

「待てよ！　ちょっと待て」

と呼び止めた。

奴は振り向いて、

「なんだよ？」

「お前さ、タイ語を少しは喋れるのか」

「タイ語？　そんなん知ってるよ。サバーイ！　だろ？」

「他には？」

「他には？　サバーイひとつで会話になるじゃんかよ。この国では」

駄目だコイツは。僕は溜め息をついてから、肩に掛けたデイパックから先月買ったばかりのポケット型自動翻訳機を取り出して、奴に無理やり渡した。

「これは、お前がここで生きるためのツールだよ。このテンキーに日本語を打って、左下の横広のボタンが変換だ。タイ語に換わるように設定してある。他のボタンは触るなよ」

受け取ったタイスケは、

「へええ、こんなのあるんか！　これ高かったろ？」

僕は無視して、

「絶対に落とすなよ。あと、雨に濡らしてもアウトだぞ！　今は雨季なんだから、常にビニール袋にでも入れてろ」

奴はおとなしく聞いていた。

「俺も今日は疲れた。もう寝たいから宿に帰るよ」

と僕は奴に言った。奴は、

「分かった。これは遠慮なく使わせてもらうよ。じゃあな！」

と言って再び背を向けて走り出そうとした。

僕は、

「待て待て！」

とまたも奴を止めた。振り向いた奴は明らかにイラついていた。

「電池も持ってけ！」

僕は翻訳機用の単4電池4個パックを放り投げた。

「その電池はここで売ってるかは、知らん。それを使い切ったらおしまいだかんな！」


タイスケは受け取り、笑って「OK！」と返事して、闇の中に走っていった。僕は奴の全身が完全に消えるまで後ろ姿を見守ろうと思ったが、ぼたぼたと大粒の雨が降ってきたので、やめた。大雨の中を走りながら、明日は会長にどう伝えようか、と頭を悩ませた。

翌日、僕は神妙な面持ちで会長とトシキさんが待つドーン・ムアン国際空港のロビーに辿り着いた。会長は予想どおり「遅いぞ！　おぅ、タイスケはどうした？」と訊いてきた。

僕は昨晩繰り返したシミュレーションどおりに「実は……」と、会長とトシキさんにメモを渡した。

「今朝起きたら上段のベッドに奴がいなくて、テーブルにこのメモが置いてあったんです」そのメモには「俺は日本には戻りません。ここで生きていきます。すいません。探さないでください」とだけ書いてある。もちろんコレは僕が捏造《ねつぞう》したメモだ。

「昨夜は帰りにマックで飯食って、そのまま宿に帰って、あいつもベッドに入ったと思ったんですが」

と、僕はなるべく自然に話した。僕はなにも知らない、奴が勝手に姿をくらましたんです、という展開に脚色したのだ。

トシキさんは驚いていたが、会長は溜め息をついて「なぁ」と僕に訊ねた。

「あいつは、親とか身寄りとかはいるのか？」

「いやぁ確か、茨城の実家とは縁を切ったとか言ってたし、彼女とも先月別れたって言ってましたよ」

あぶら汗で顔が熱くなる。嘘がバレたらどうしよう、タイスケがバンコクの警察に捕まって、僕の名前でも出したらどうなるんだろう？　最悪の事態を想像したが、会長の言葉は「仕方がないな。俺ら3人で帰ろうや」というそっけないものだった。

「へ？」

僕は会長に言い返した。

「仕方がないって、なにがですか？」

「だって、あいつは帰りたくないんだろ？　日本で待ってたり、心配する人がいないんなら

いいじゃないか」

トシキさんも呆気にとられていた。

「じゃあ、とっととチェックインしようや」

こうして会長とトシキさんと僕は、何事もなかったようにタイ国を後にしたのだった。

＊

日常に戻った。タイスケがいなくなった以外は、僕の生活は変わらなかった。職場には復帰して、変わらず現場仕事に明け暮れていた。出勤前には1人で笹塚公園に行き、シャドーやコンビネーションの反復などの自主練は続けた。僕自身はなにも変わらなかったが、

僕を囲む環境がゆっくりと変わり始めて、僕が歩む道筋を少しずつねじ曲げていった。

僕の勤務先はビル管理会社だ。この業界は、個人経営ならほとんどが大手企業からの下請けで成り立っているので、親会社が業績不振になると、下請けは当然に倒産の危機に曝されるのが常識だ。僕の勤務先も、収益の6割を依存していた親会社の社長が脱税で逮捕され、その影響で業績は一気に傾いた。

その親会社は最終的にはライバル企業に買収されたので、会社が請け負っていた30ほどの物件が一気になくなった。当然に清掃や警備のアルバイトや、マンションの管理人は全員解雇された。

僕を含む社員は交通費支給がカットされたので、茨城からつくばエクスプレスで出勤していた僕の上司は辞めていった。残業手当もカットされたが、残業分は代休で消化しろと社長に言われた時は、さすがに僕も腹が立った。

そんな折、希望退職者募集の話を聞いたので、僕は迷わずに申し込んだ。結果的には申し込んだ僕だけが10年間の勤務で60万ちょっとの退職金を貰えたが、残った社員はその後の倒産で1円も貰えなかったと、後になって元同僚から聞いた。

僕は退職金と貯金を取り崩しながら半年間、ぼーっと過ごしていたが、貯金が尽きるとかつて会社で雇っていた清掃会社の社長に頭を下げて、エアコンや換気扇のオーバーホールのアルバイトで食い繋いだ。

唐木田ジムも少しずつ変わり始めた。以前も女子ボクシングの選手が1人来ていたが、帰国後には一気に4人に増えた。そして年が替わって会長は「日本女子ボクシング協会」なるモノを立ち上げた。その年の4月には1回目の興行が開催され、僕を含むジム生全員が立ち上げ要員として駆り出された。

狭いジムは改装され「女性用更衣室」が設けられたので、僕ら男子はリング上で着替えるしかなく、シャワーも使えなくなった。キックボクシングジムは、少しずつ「女子ボクシングジム」に侵食されていったのだ。トシキさんも、会長の女子ボクシングへの熱の入れように嫌気がさして、年度替わりと共に他団体に移っていった。

タツミさんは、女子更衣室とシャワー室にカメラを仕込んでいたのがバレて、怒り狂った会長に階段上から蹴り落とされた。転げ落ちて地面に頭を打ちつけたタツミさんは、そのまま救急車で運ばれていったが、後は知らない。

当然に「キックボクシング」の興行も少しずつ減っていき、その年以降は年3回しか開催しなくなった。僕の試合も組んではもらえず、会長に、

「いつでも闘えます。階級違ってもイイですから、試合組んでください」

と訴えた。会長は、

「いいよ。じゃあ来月の興行にぶち込むから」


帰国後、半年ぶりの僕の試合は、1階級下のジュニアライト級で組まれた。59kgなので、僕は4週間サウナスーツを着て走り続け、3日前にはリミット2kgまでに落とすことができた。ホッとしていると、会長が体重計に乗る僕に話しかけてきた。

「オマエの対戦相手が練習中に怪我したみたいで、試合の相手が替わることになったけど、いいよな?」

僕は、

「はあ、それは仕方ないですね。組んでもらえるのなら誰でもイイですよ」

そういうことは以前もあったからだ。

会長は「そうか、じゃあコイツとやってくれ」と、その選手のプロフィールが載ってい

た、前年の興行のパンフレットを見せてくれた。

驚いた。戦績は僕と似ているが、ウェルター級7位と書いてある。僕より2階級上のウェルター級は66kgだ。僕はさすがに会長に噛みつくと「仕方ねえだろ！　他にいねえんだから」と一蹴された。

僕は当日までに喰いまくって増量したが、結局は64kgで止まった。計量時に見た対戦相手は、タイスケよりもひと回りデカかった。相手も僕の小ささに驚いていたようにも見えた。


そしてゴング。リカバリーしてさらにデカくなった相手の重い右ストレートは、僕を後方にでんぐり返しさせた。当たり前だが、全ての攻撃が重い。このまま壊されるのか？と恐怖に駆られたが、僕はいつものようにくっついてボディやローキックで攻めにいった。しかし相手は上から覆いかぶさり、僕を容赦なくコカす。結局、なす術もなく僕はフルマークで判定負けになった。

次の試合は半年後。今度は同階級だが、他団体の選手だった。2戦2勝。僕はこの時点で9戦5勝3敗1分け。キャリア的には僕が勝っていたが、現役の東大生だった相手の攻撃は、僕を長期休養させるのに充分すぎるほどの破壊力だった。東大生のキックは速く、スネはやたらと硬い。左ジャブは後頭部まで突き抜ける衝撃で、僕の視界とモチベーションを徐々に削っていった。苦し紛れの浴びせ蹴りやバックハンドブローもことごとく空転して、もはやなす術もない。抱き着いてなんとか凌《しの》ぐしかない、と組みにいったら、僕は頭を押さえつけられ、顔面に何度もヒザを打ち込まれた。

レフェリーがブレイクして僕が顔を上げると、試合はすぐにストップになった。僕の鼻からか額からか、血が勢いよく噴き出している。グローブで鼻先を触ったら、くにゃくにゃとした感触だった。僕はティーヌンさんの肩を借りて、花道を引き揚げている途中で失神した。額の中央は7㎝切れていて、その場で縫合してもらった。しかし鼻は陥没していたので、翌日に地元の接骨院で整復された。その整復法とは、左右の鼻の穴に韓国の鉄箸みたいのを突っ込まれて、強く前方に引っ張られる手技で、僕は試合中でも出さない悲鳴を院内に響かせた。その激痛は東大生のヒザ以上だった。

因みに、その東大生は次の試合で、所属する団体のタイトルマッチに挑み、KO勝ちしてベルトを巻いた。その翌月はルンピニーのランカーをヒジで切り裂いたらしい。要するにもともと強かったのだ。僕は鼻だけでなく、肋骨も2本折られたので、またも半年間のブランクを作った。

次の試合で敗けたら引退しようと決めた。引退したくないから、次の試合はなんとしても、泥仕合でも汚くても勝とうと決めた。階級上のランカーと、タイ人の額を切り裂いた。東大生に連敗して、僕は無力感に苛《さいな》まれたが、前に進まなければならない。会長にも伝えた。

「4連敗した選手がいるジムなんて、恥だと思います。次に勝てなかったら辞めますので、よろしくお願いします」

会長は驚かずに、分かったと言ってくれた。

そして、傷も骨折も癒えた半年後、僕は同じ階級で4勝3敗1分け、と戦績が似ている20歳の選手と3回戦の試合をすることになった。僕は練習を再開した3カ月間、自分になにが足りないかを自問しながらジムに通い詰めた。

リング中央で向かい合った相手は、身長も体格も僕とほぼ同じだ。ゴングが鳴り、僕はバンコクでの試合の時のように勢いよく前蹴りを放ったが、難なくかわされて、右もも裏に強烈なローキックを喰らった。体勢が不安定な僕に、相手は押し込むように左ジャブを執拗に突いてくる。僕はウザくなり、両手で払おうとすると、そこに左ハイキックが飛んできた。僕の右こめかみに命中して、頭の中ではミーンミーンという耳鳴りが消えない。すっかりリズムを狂わされ、その後は相手の攻撃を貰い続けた。相手はローキックのガードが甘かったので、僕はしつこく相手の左ももを蹴りまくった。それしか方法はなかった。相手の顔が歪み始めている。明らかに効いてそうだが、その先にすることが思い浮かばない。

なんということだ。

僕は相手を倒す術《すべ》を知らない、という事実を入門5年、11戦目にしてやっと悟ったのだ。

判定負けになり、僕は拍手の中リングを降りた。翌日、僕は改めてジムに出向き、会長に挨拶した。

「そうか。淋しくなるな」

とそっけなく返事してくれたが、

「それならオマエ、トレーナーとしてウチに残らないか?」
と誘ってくれた。
「オマエがセコンドにつくと、タイスケだけじゃなくて、他の選手も敗けないんだよ。対戦相手の分析がうまいのか、オマエにアドバイスされた後のラウンドでは、みんなKOするかダウンを取ってくる。オマエはトレーナー向きなんじゃないか、と思ってよ」

僕はリングに上がり、キックミットを持って構えた。トレーナーの基本は、選手のキックやヒザ、パンチを正確に受けられるかどうか、だからだ。

その日は練習生とティーヌンさんしかいなかったが、まずは練習生の蹴りを受けることにした。相手の蹴り足に合わせて、インパクトの瞬間に圧を合わせる。ん?合わない。何度受けても合わない。ヒザやパンチもタイミングが狂う。これは、練習生の蹴りやパンチが下手なせいだと思い、ティーヌンさんに替わってもらった。ティーヌンさんが何度も的確なミドルを放つが、そのたびに僕はミットごと吹っ飛ばされる。会長が首を振っているのが見えた。

僕はミットを外してリングを下りた。そして会長の前に立った。
「自分はミットもまともに持てないみたいです。つまり使えない奴です。5年間お世話になりました」

と頭を下げて、ジムの階段を下りた。僕は自分から下北沢の雑踏に吸い込まれていった。

僕は28歳にして無職になり、キックボクサーでもなくなった。社会人になって初めて1日中寝て過ごした。寝すぎると腰が痛くなることを発見した。午後3時過ぎに寝返りを打ったタイミングで、両ふくらはぎが同時にこむらがえりを起こし、そのお陰で起きることができた。

翌日は総武線に乗り、水道橋駅で降りた。週に1回は後楽園ホールで、どこかの団体がキックの興行をやっている。キックはマイナーなので、当日券でも観戦できた。1年前に僕の顔面を破壊した東大生は、メインで2度目の防衛戦だ。彼は、僕と対戦した時よりもずいぶんと逞しくなっていた。相変わらず蹴りは速く、破壊力は抜群だ。勝ち方も僕と同じく、首相撲からのヒザ連打で相手を壊した。この選手は東大を卒業してもキックを続けるんだろうか？　なぜにエリート街道と無関係のキックを続けているんだろう。

僕は月に2回ほどキックの興行を観に行って、その模様が翌月の『格闘技マガジン』に載るのを楽しみにしていた。ただ、記事の文章が拙《つたな》いというか、稚拙《ちせつ》なのが気になった。こんなの、僕が書いた方がもっと臨場感をもって伝えられるはずだ、と毎回感じていた。

そんな折、『格マガ』の巻末に「読者レポーター募集」と小さく書いてある欄を見つけた。そこには「あなたが観戦した試合をレポートにして送ってください」とあった。

僕は次の試合観戦からレポートを書いて郵送すると、翌月の「読者コーナー」にさっそく掲載された。ニッチとはいえ、自分の文章が全国誌に載ることに、僕は軽い快感を覚えた。

その後は試合観戦のたびに観戦レポートを送ると、必ず掲載された。半年ほど経った時に、雑誌の出版社から「会いたい」と連絡が来た。お茶の水のオフィスに出向いたが、迎えてくれたのは編集長ではなく、ヒゲを顔いっぱいに蓄えた丸い顔のオジサンだった。

「どうも初めまして、編集部の澤田です」

と名刺をくれた。元は報道カメラマンだったらしい。

「君の文章は、リアルで面白い。僕と組んでほしいんだ」

僕は、この年でマスコミ業界に転身するなど夢にも思わなかったが、僕のポジションとしては、文章が苦手な澤田さんのゴーストライターになることだった。

プレス（記者）として無料で試合を観戦して、その日のうちにメインとサブのレポートを書いて、翌日には澤田さん宅にＦＡＸで送る。掲載後に3万円ほどバイト代として振り込まれる。労力から考えると、悪くないバイトだった。

しかし3カ月後、澤田さんから「独立して新しい格闘技雑誌を作るから、立ち上げに参加してくれ」と打診された。

「今は立ち技格闘技が熱い。この時流に乗って、立ち技格闘技専門の雑誌を作りたい」

立ち技が熱い？　本当か？

僕は無職でヒマだったので、言われるがまま出版社の設立と新雑誌の創刊に参加した。でも、右も左も分からぬ業界。初めの1年は必死で、ただ走り回っていた。なにしろ後発の雑誌なので、編集長と澤田さんは目玉のスクープはないか、と常に探していた。

ある日、僕は編集長に話しかけられた。

「君はタイで試合したことがあるって聞いたけど」

「はい、4年前ですけど」

「キックボクサーだったんだよね？　タイ語も喋れるとか？」

「はぁ。だいぶ忘れてますけど、まぁ日常会話くらいは……」

「だったら、君に活躍してもらうチャンスだ！　中澤ユウキ君を知ってるよね？」

「ええ、もちろんです。先月の試合も取材しましたし」

「そのユウキ君のタイ遠征が決まったんだ。しかも、ラジャダムナン王者とのタイトルマッチだよ！」

彼は興奮を抑えきれずに話し始めた。僕は、ふうんユウキ君なら当然だろうな、と漠然と考えていた。この話の展開は予想できた。

「その、ラジャでのタイトル挑戦の取材を、ウチが独占できるようになったんだ。ここは、タイに通じている君にぜひ、行ってもらいたい」


こうして、入社2年目の僕が澤田さんに同行してタイに行くはめになった。この時点では、僕はまだ乗り気ではなかった。タイは今、雨季だ。暑いし面倒くさいなと思っていた。しかし、ライバル社の格闘技雑誌にユウキ選手の対戦相手、現役ラジャ王者であるプンチャイ選手の記事と写真を見た瞬間、僕の心は変わった。その写真には、プンチャイ選手とスパーリングするタイスケが写っていたからだ。

僕は、デスクの引き出しからマウスピースを出して、そっと口にはめた。口の中で苦さが広がった。まだ血の焦げた臭いが残っている。グローブもパンツも捨てたけど、マウスピースだけは捨てられなかった。

そして、廊下に出てストレッチを始めた。股関節の固まりは予想以上だった。誰もいないのを確認してから、全力で左ミドルを空中に放った。内ももが悲鳴をあげ、同時に軸足が前に滑ったので、僕は後方に転倒して後頭部を打ちつけた。

# 第3章　ゴッ・コー

なにしろ、昨年立ち上げたばっかりの出版社だ。「立ち技格闘技専門誌」という、隙間を狙った立ち位置で頂点を目指す出版社だが、経費は限られている。僕は9日間という日程を有効に使うために、自腹でタクシー移動することに決めた。

今やアジアの観光大国と化したこの国のタクシーは、案の定頼みもしないのに、運転手は高速道路に乗ろうとしている。しかも逆方向だ。運転手は高速の料金所とグルになり、法外な高速料金を客に請求するのだ。

僕は全力で抗議した。こっちは旅行雑誌の取材で来ている。アンタの行為はそのまま日本のガイドブックに載るんだよ！　それでもいいのか？　と。

運転手は僕の剣幕に怯んだのか、なにも言わず高速入り口の手前でUターンしたが、僕はまだ油断していない。地図を取り出し実際の道路と見比べて、わざと大回りしないかをチェックした。ミラー越しに僕の監視を察した運転手は、観念したのか急にスピードを上げて市街地に向かっていった。

とはいえ、ぼったくりとチップで生計を立てている人たちだ。「フェニックスタイガージム」に到着したが、なんだか申し訳なく感じたので、チップを多めに弾んでやった。運転手は大げさに喜んで「悪いこと書かないでね！」と笑顔を見せながら去っていった。

ジムに入る前に、僕は自分のアゴを触り、口の開き具合を確認した。昨日よりも倍以上開いたので、ホッとした。昨日はRMライフマートジムでプンチャイ選手の高速左ミドルを、ミット越しだがアゴに喰らったので、まるで顎関節症みたいに口が開かなくなっていた。今日は楽しみにしていたパイナップルチャーハンが食べられそうだ。

さて、昭和のカラオケボックスみたいな外観の「フェニックスタイガージム」。

不死鳥と虎、深い意味はないのだろう。入り口に立つと自動ドアが開いた。予想よりも煌々《こうこう》と明るい室内に、10本以上のサンドバッグが吊されていた。練習生らしき年少の男子たちが、おぼつかないフォームでバッグを蹴っている。よく見ると女の子も数人いる。みんな育ちが良さそうだ。どう見ても、勝利を目指してしのぎを削っているようには見えない。

僕が見つけるより早く、プロモーター兼ジム代表のサイアム氏が僕を見つけてくれた。彼はつかつかと寄ってきて、満面の笑みで握手を求めてきた。肩幅が広くて眼鏡がデカい。アロハシャツの模様は象とバナナで、いかにもアジアの商人という出で立ちだ。

「初めまして！　早かったんですね。ちゃんとお迎えをしたかったんですが」

「いえいえ、あまり構えないでください」

と僕は返した。時間の短縮のために挨拶はそこそこにして、今回の取材の中身を伝えようとしたら、

「あ、お話は奥の応接室でやりましょう」

と、奥の扉へと案内された。僕はなるべく壁をつたって移動したが、サイアム氏が中央をズカズカ歩くと練習生は皆、手足を止めて道を空けてくれた。結局僕はサイアム氏のすぐ後ろについて、練習生たちに詫びながら中央を歩いた。


昨年オープンしたこのジムは、内装が白塗りでニスの臭いがする。練習生の半分以上がダイエットと健康維持目的で通っているらしい。ここはいわば、ムエタイ・フィットネスのジムなのだ。ここには先のＲＭライフマートジムにも残っていた、どろどろしたハングリーな感触は微塵もない。なにかほのぼのとした雰囲気に、現代のムエタイは良くも悪くも洗練されたのかな、と少し淋しくもなった。

応接室に入る前に、乾いた破裂音が後方から聞こえてきて、僕は振り向いた。ジムの端っこに吊されている、ヒトの形状をしたサンドバッグにミドルを打ち込む青年には見覚えがあった。僕はサイアム氏に、「ちょっと、先に挨拶しますね」とだけ言って、その青年に近づいた。9日後に先のプンチャイ選手に挑戦する「日本キックの至宝」中澤ユウキ選手だった。見守っているコーチが先に気付き、

「あ、どうも。はるばる日本からありがとうございます」

と会釈してくれた。ユウキ選手も手を止めて、

「どうも、お久しぶりです」

この、外国人で初めて軽量級のベルトを獲《と》るかもしれない、と言われている中澤ユウキ選手と会うのは1カ月ぶりだ。

「こんにちは。音が凄いので、すぐに君だと分かったよ。調子、良さそうじゃないの！」

「はい、暑さにも食事にも慣れましたし、減量も順調です」

試合まであと9日なので最後の追い込みらしいが、彼は昼の練習を切り上げてシャワーを浴びて着替えてきた。僕は彼が日本を発つ前に、今回の取材の内容を大まかに伝えてい

たので、バンコクのジムで練習を続けながら、凄く楽しみにしていたと言ってくれた。

「僕の両親は京都なんですけど、その辺の地域も放送してくれるんすか？」

どうやら、自分が主役のドキュメンタリーに出られるのが嬉しいらしい。

「うん、とりあえずは東北のローカル局なんだけど、出来が良ければキー局にも持ってく予定だから、全国ネットもあながち夢じゃないよ」

と伝えると「マジすか！」と若者らしい口調で喜んだ。

確かに彼は日本最強のキックボクサーだけど、普段は駅伝や野球で有名な私立大学の3年生でもあるのだ。わざわざ闘わなくても、安定した将来が約束されている若者が、なんで身を削るキックの世界に入り、ムエタイの頂点を目指すのかが、僕には興味深かった。

僕はICレコーダーの録音ボタンを押して、インタビューを開始した。

「もう、君と同学年の子たちは就活してると思うけど、君は卒業後、なにになるか決めてるの？」

と、僕は切り込んだ。

「はい。大学では法律を学んでるので、卒業間際に司法試験を受けて法曹界を目指すつもりです」

「へぇ～凄いね！　キックやムエタイの世界ってさ、世間の常識からはみ出た奴らが、自分を見つける場所としてリングを目指す、という大枠のストーリーがあるんだけど、君は全く当てはまらないね！」

30分という制約があるインタビューなので、僕はあらかじめ用意した質問に絞った。

「そもそもキックを始める前は、なにかスポーツはやってたの？」

「サッカーです。中高一貫の学校で、6年間サッカー部でした。高等部は全国大会にも出るくらいのレベルなので、レギュラーにはなれませんでしたが」

「すると、キックを始めたのは大学に入ってから？　3年弱でチャンピオンになったんだ」

「まぁ、デビューして5戦目でタイトルマッチだったんで、ベルトを獲ったのは入門して2年目ですけど」

「それなら、キックというか、ムエタイを始めたきっかけは？」

「実は中学3年の夏に、家族でタイ旅行をしたんですよ。父が経営してる会社がタイで事業展開し始めた時期だったので、現地の偵察を兼ねてですが。僕は受験がないからついていきました。その時はムエタイ、という言葉すら知らなかったんです」。

「そうなんだ。それで、なにかの成り行きで本場のムエタイに遭遇した、とか？」

「そうですね。行きの飛行機でテレビを見ていたら、タイ国のＰＲビデオみたいのが流れていて、その中で確かルンピニースタジアムだったと思いますが、ムエタイの試合が1分間ほど流れていました」

「それを見て、衝撃を受けた、と」

「そりゃ衝撃でしたよ！　リング上には褐色で無駄な肉が一切ない選手が、奇声を上げながら互いの身体を蹴り合ってるんですよ。そのうち片方が足を掴んで、もう片方の足を蹴飛ばして転ばす。くっついたらお互いに首を抱えて、ヒザの内側を互いに当てまくったりと、なんなんだコレは？　って感じで。翌日は父にせがんで、ルンピニーで試合観戦もしました」

僕は、経営者の息子が偶然に泥臭いムエタイに遭遇して、洗脳されてゆく様を想像していたら可笑《おか》しくなってきた。


「でも、その後の高校生活ではキックボクシングをやろうとは思わなかったの？」

「そうですね、近所にはキックボクシングジムはなかったし、目指していた大学の法学部はレベルが高かったので、高校時代は試験勉強とサッカーに明け暮れていました」

「キックなんて、お父さんとかは反対したでしょ？」

「まぁ、当然というか反対されました。そこは交換条件で、僕が法学部の受験に合格できたら好きなスポーツをやってもいい、と両親に約束を取りつけたんです。だから僕は、大学の入学式が終わった直後に、キックボクシングのジムをネットで検索しました」

「ふ〜ん。で、たまたま大学の寮から徒歩圏に、ブレイブ相模原ジムがあったわけね」

「そういうことです！」


18歳まで格闘技の経験はなし。もちろん喧嘩もしていないだろう。どこにでもいそうな若者が、9日後にはラジャのチャンピオンになるかもしれない。僕は才能の残酷さを感じた。同時に7年前のタイスケに抱いた「絶望的な嫉妬心」も思い出した。僕は目の前にいる天才に対して、難しい質問を投げかけずにはいられなかった。

「あのさ、例えば幼少期から空手をやっててさ、キックに転向して実力をつけたとか、この国でいえば、それこそ4歳くらいからサンドバッグを蹴り始めるタイ人とかいろいろいるんだけど。未経験の自分がなんで2年目にチャンピオンになれたのか、答えられるかな？」


彼は予想どおり黙ってしまった。当然だろう。自分の能力を分析できるのなら、そいつは天才じゃないし、自分でもどこまで伸びしろ（才能）があるのか分からないのが、天才たる所以《ゆえん》だから。タイスケもたぶんそうだった。

ユウキ選手はしばらくうつむいていたが、顔を上げると屈託のない笑顔で答えてくれた。

「今ひらめいたのは、僕はサッカーを6年間やってたので、たぶん蹴ることには慣れていたんですよ。サッカーボールって人の頭と同じくらいじゃないすか？　ボールが頭に置き換わっただけなので、すんなりとシフトチェンジできたと思うんです」

うむ、ふざけている様子もない。この子も天然かもしれない。


その後、技術系の話を交わしていたら30分経ってしまった。

「ゴメンね大事な時期に。あと、試合までに何度か取材させてもらうけど、嫌だったら言ってよね。今日はどうもありがとう」

と僕は伝えた。う～ん、どうも締まりのないインタビューだな。ユウキ選手が立ち上がって、再びサンドバッグに向かう直前に僕は、

「ちょっと待って！」

彼はビクッと身体をこわばらせ、振り向いた。

「ゴメン、ビックリさせて。締めの質問させてね。ベタすぎて申し訳ないが」

「いいですけど、なんですか？」

「難しいだろうけど、君にとってムエタイってなんだろう？　格闘技のひとつ？」

彼は躊躇なく、力強く答えた。

「はい。僕にとってのムエタイは芸術です。試合前のワイクルーも、ミドルの蹴り合いも美しい。ムエタイは僕が思うに、格闘技を超えたアートそのものです」

彼は丁寧な会釈の後、練習に戻っていった。ムエタイは芸術か。そんなこと考えたこともなかった。確かに試合前、しなやかにワイクルーを舞うムエタイ選手は美しい。無駄のない体躯から放たれるミドルやヒザは、それ自体がひとつの作品とも言えるかもしれない。


ムエタイを芸術と言い切るこの青年は、ひょっとしたら「神の階級」ラジャダムナン・フライ級の壁を打ち破る、初の外国人になるかもしれない、とその時の僕は思っていた。でもなあ。昨日目の前で見た「現代ムエタイの最高傑作」プンチャイの鋭い左ミドルを思い出したら、あれをスネで受けられる選手はタイ人でもいないだろう。やっぱ無理なのかなと思ったりもした。

インタビューを終え、練習の写真を十数枚撮らせてもらい、僕はサイアム会長に礼を言い、明日また訪ねますと言い残してフェニックスタイガージムを後にした。
初日からいろいろなことがありすぎたのだが、僕は4年ぶりのバンコクを堪能したかった。観光客向けの小ぎれいなストリートから路地へと入っていき、4年前の滞在中にタイスケと毎日通ったパイナップルチャーハンのお店を探し始めた。
結局お店は見つからなかったので、僕は仕方なくたまたま見つけた屋台の暖簾《のれん》をくぐり、トムヤムクンを注文した。ただ激烈に辛いだけで、肉が入っているのかも分からない、かなり個性的なトムヤムクンが出てきた。

暗くなって路地をぶらついていると、路地の通行人は年齢も、目つきも変わってくる。決してセレブな格好ではないが、色白で眼鏡を掛けた東洋人の僕は、彼らにとっては格好のターゲットだったのだ、と気付いた時すでに遅し。僕は浅黒くて汚い身なりの、現地の青年たちに囲まれていた。

カネだったら盗られても仕方ないと思ったけど、彼らが欲しいのは恐らく僕のパスポートだろう。僕は盗られた経験はないが、澤田さんはカメラマン時代に何度も路上強盗に遭い、パスポートを3回盗られたらしい。そりゃ再申請は面倒くさかったよ、と聞いたことがある。

サッと見回すと、僕と似たような体格の兄ちゃんたち4人に囲まれていた。ナイフとかは持っていない様子だが、血気盛んな若者4人に、2年前にキックを引退した三十路の僕が対抗できるはずもない。しかも僕は、現役時代も強くはなかった。さてどうしようか。

変に抵抗したら、殺されるかもしれない。でも、やすやすとパスポートを渡すのは嫌だ。僕は考えた。もう、キックやムエタイの動き自体は忘れちゃったけど、ポーズだけはできるだろう。ぐっとファイティングポーズを取れば、ビビってくれるかな？

僕は2年ぶりにムエタイの構えをしようとして、ん？　ここはバンコクじゃないか。ムエタイのメッカで、外国人がムエタイを構えてどうなる？　と冷静になった。

この4人の中には選手もいるかもしれない。僕は四方からじりじりと近づいて来る4人を見渡しながら、ある考えがひらめいた。僕は空手の「後屈立ち」になり、前の左手は手刀の構え、右手はみぞおちの辺りに置いて、鼻でスーッと大きく息を吸った。

4人は不審そうな表情を浮かべている。目論見どおりだ。僕は前の左足でトントンと地面を鳴らし「ほわぁぁっ！」と出力の限りの大声を出して、前の左手をビキビキと音を鳴らして握りしめた。下アゴを突き出して、睨みながら不敵に微笑む。

4人は一斉に後ずさりしたので、僕を囲む四角形は一気に面積が広がった。僕は前の左手を顔に持っていき、手鼻を飛ばすように親指で鼻を弾いてみせ、ニヤリと笑った。ほら掛かってこいよ、と。

4人は固まってしまった。なんのことはない。僕は幼少期に父親と観た『ドラゴン怒りの鉄拳』の主人公になりきったのだ。東南アジアの人は僕を見ても、日本人か中国人か判別できないはずだ。僕は必死で「中国カンフーの達人」を演じた。まさか小学校時代に練習した物まねが、こんなところで役に立つとは。

兄ちゃんたちは見事に引っかかってくれたのだが、さてこれからどうしようか。もっと威嚇して、相手が遠ざかったら逃げようか。でも足は速い方じゃない。やっぱ失敗かしら？　と絶望を感じていたら、

「あんたたち、なにやってんの！」

と、聞き覚えのある野太い女性の声が響いた。僕より先に4人組がその声の主を見つけ

た。そして、僕と対峙した時以上に固まっている様子だ。カチカチとハイヒールを鳴らして、4人組に近づいていった体格のいい女性は、その中の1人にいきなり重たい張り手を振っていった。

もんどり打って転がる少年。残りの3人は硬直していた。暗がりの中で改めてその女性を見ると、

「あ、アリージャさん！」

彼女はハハァッと笑い、

「まさか、こんなところで会えるなんてね」

と僕に微笑んだが、4人組に振り向くと、先ほどの野太い声で、

「あんたたち、このヒトはウチの協会で呼んだVIPなんだよ。傷つけたりしたら、あんたらのボスに伝えるからね」

そして、

「この人知らないの？　少林寺で修行した、格闘技の達人よ。あんたらが束になってかかっても、無傷じゃ済まなかっただろうよ」

いや違う、ブルース・リーなんだが。

4人組のリーダー格っぽい青年が、

「すみません会長。そんな方とは知らなかったんで」

と弁明したが、彼女は、

「あんたたちの振る舞いは、良くなりかけているバンコクやこの国全体のイメージを元に戻すんだよ。仕事だって与えてやっただろうが！」

アリージャさんがこんなに幅を利かしているとは。僕は少し身震いがした。4人組はトボトボと路地に消えていった。彼女は僕に詫びた後に、

「そう言えば、三つ星のトムヤムクンの店が近くにあるのよ。私の店だから、今から行きましょうよ」

またトムヤムクン？　パイナップルチャーハンはないのかよ、と言いたかったが、訊きたいこともあるので、とりあえず付き合うことにした。訊きたいことは2つ。そもそもアリージャさんがなんでここにいるのか？　と、タイスケのことについてだった。

本当に同じ料理か？　と疑うほどに、アリージャさんのお店のトムヤムクンは絶品だっ

た。屋台でまずいトムヤムクンを食べてから1時間も経ってないのだが、本当にうまければいくらでも胃袋に入るもんだ。ワインもうまかったので、僕のココロの隙はいくぶん緩んだ。

アリージャさんは、

「アンタ、日本のホープとウチのプンチャイの試合取材って名目だけど、本当はタイスケに会いに来たんでしょ?」

と、ズバリ訊いてきたので、僕は降参した。

「なんでもお見通しですね！　あの、4年前にあいつがバンコクで行方をくらました時は、ムンバイ会長の自宅に駆け込んだんですか?」

「そうよ。あの夜は私がシャワーを浴びていたら、ドアを壊すかの勢いで激しく叩く音がして、ビックリして悲鳴をあげたわ。あの頃はまだパパが元気だったから、ショットガンを構えてドアを開けたら、あの子がずぶ濡れで立ってたのよ」

思い出した。あいつが闇に消えていき、僕はホテルまでの帰り道で、会長になんて話そうかと思案を巡らせていたら、大粒の雨が降ってきたっけ。タイスケは雨に打たれながら暗闇をうろついて、ムンバイ会長の家を探したのか。

「もちろん、あの子は当時はタイ語は喋れないし、私とパパも日本語は分からない。でも、アナタが持たせたのね。翻訳する機械になにか打ち込んで、画面をパパに見せたの。内容は『日本には帰りたくない　ここでムエタイ選手になりたい』って書いてあったんですって」

「ふ～ん。そうして、ムンバイ会長の自宅に住まわしたんですか。奴は不法滞在者になるんですよね？　この国だって、ビザなしの違法労働者には厳しいんでしょう？　お父さん、会長もよくかくまったものだ」

「パパはね、あの時のタイスケの試合を見て、なにか光るモノを感じたんじゃないの？　だから翻訳機の文章を見た時も、面倒な態度も取らずに、じゃあ今夜からウチに住み込め。倉庫だけど冷房はついてるし、昼間は店で働いてくれればジムで練習もさせると言ってたから」

そうなんだ。ならば、会長は僕の試合も見てたはずだ。僕にはなにも感じなかったのか。

「あの子は真面目に店で働いて、2年目には副店長にまでなったのよ。練習も休まないから、月に3回は試合もさせたし。まぁ1年前に、パパが育てた最初のラジャ王者が引退してね。その子が独立してジムを開くことになって、タイスケは引き抜かれたっていうか、その子に恩を感じてたんでしょうね。移籍されちゃったけど、今回みたいに試合前にはいろいろと協力してくれる。本当に素直でイイ子よ」

「で、アリージャさん。昨日の取材申し込みのやりとりで想像がついたかもしれませんが、僕がバンコクに来ていることを、タイスケに教えないでほしいんですよ。面倒な件ですが、お願いします」

「ん〜やっぱりそうだったのね！　あの子、アナタが会いに来たと知ったら、さぞかし喜ぶと思うけど、分かったわ。アナタが自分で演出して、あの子の目の前に現れたいってことね」

「そういうことです」

彼女はカハッと笑い、

「本当にアナタ、あの子の言ってたとおりに、少し面倒くさい人ね。あ、これは褒めてるのよ」

「褒めてないでしょ！」

そうだ、もうひとつ聞きたいことがあった。


「で、アリージャさんはなんでこんな時間に、こんなところに来ていたんですか？」

一瞬表情がこわばった彼女だが、すぐに元の笑顔に戻り、

「そりゃぁ日本から天才肌の、ムエタイの刺客が来たと聞いたら、まぁプンチャイは敗けないけどね。気になるでしょ？」

「まさか、敵陣視察ですか？」

彼女はまたもカハカハッと笑い、

「プンチャイは現役では最強よ。でも、相手がどんな選手か知ってた方がイイと思ってさっきジムを訪ねたら、見学を拒否されたわ！　あのサイアムって男、みみっちいったらありゃしない！　仕方なく外から覗こうと思ったら、全面摺りガラスでなにも見えやしない。全く、タクシー代と時間を無駄にしたわ」

「でも、よかったじゃないすか。こうやってここで僕と再会できて、タイスケがここに居ついてからのことが、僕も分かったので」

「それは、アナタにとってよかったことでしょ。さっきも私が通りかかってなければ、あのごろつきたちに身ぐるみ剥がされてたから。アナタ運がいいわね」
確かに、今夜の僕は運が良かった。
「ちゃんと私がフォローしたでしょ？　少林寺の達人だって」
「惜しいです！　さっきのはブルース・リーだったんです」

反応がなかった。たぶん知らないのだろう。

アリージャさんは、タイスケの試合が分かったら教えるからと言ってくれて、お互いにメールアドレスを交換した。僕は彼女に礼を言い、なるべく明るい道を選んでホテルへと戻っていった。今夜中に先ほど取材したテープの起こしと、ハンディカムの映像をチェックしなければならない。

ＩＣレコーダーから流れている中澤ユウキ選手の声を書き留めていると、先ほどの「僕にとってムエタイは、芸術です」のところで、僕のペンが止まった。彼にとってのムエタイは、立ち技最強の格闘技ではない。古代では隣国ミャンマーに対して、地上戦を仕掛ける際の兵法がルーツだと言われるムエタイ。しかし彼にはキックやヒザ、ヒジや首相撲までもが美しいアートにしか映らない、と言うのだ。

その、芸術に対して君は、汗を流して必死にミットを蹴りまくっているわけだ、と僕が訊ねると、

「そうです。僕にとって、練習したり試合をすることは、名画を鑑賞したり感情のままキャンバスに絵を描く行為と同じです」

と、恥ずかしげもなく答えていた。

僕はICレコーダーを止めて、少し考えてしまった。僕が滞在しているこの国では、恐らくムエタイを芸術だのアートだのと解釈してやっている選手はいないだろう。なんのためか。

それは当然、喰っていくためである。経済は以前よりは発展したこの国だけど、庶民レベルではいまだに困窮に喘《あえ》いでいる。男子が成り上がる最短の手段とは、ムエタイ選手になって勝ち続け、ラジャかルンピニーのベルトを巻くことだ。それは今も変わらない。

来年にはキックを卒業して、司法試験合格を目指すと言っている若き日本の天才は、この国に生まれ、砂を噛んででも這い上がろうとする幾多のムエタイ戦士の壁に、跳ね返されるだろう。明らかに覚悟の差が明確なのだ。

翻《ひるがえ》って、自分に問う。僕は、なんのためにキックボクシング・ムエタイを死に物狂いでやっていたのだろう。勝利を目指して毎日練習して、試合で勝ったり負けたりしていた時も、格闘技で喰っていこう、成り上がろうなんて思ったことは一度もなかった。勝てば恥ずかしいくらいに自惚《うぬぼ》れるし、敗けた時は果てしない絶望感を味わった後、手羽先でホッピーを浴びるように呑み干すパターンの繰り返しだった。そこには進歩も進化もなかった。

僕がキックボクシングを始めて、身を削ってまでやり続けた理由は、ない。

では、タイスケはどうなんだろうか？

＊

滞在6日目。今日は午前中に再びユウキ選手を訪ねて、午後は澤田さんとルンピニー公園内のフードコートで会う予定だ。僕はフェニックスタイガージムに出向き、ユウキ選手への最後のインタビューを終わらせて、腹を空かしたままルンピニー公園に向かった。

4日ぶりに会った澤田さんは真っ黒に日焼けしていた。

「海にでも行ってたんですか？」

汗まみれで、マッサマンカレーを頬張る澤田さんは、

「違うよ！　そんな暇なんてねえよ。チャンピオンは今回減量がキツいみたいでさ、ひたすら砂浜でダッシュしたり、とにかくロードワークが連日なのよ。付き合ってるうちにこっちまで焼けちゃった」

「じゃあ、やっぱり海行ってたんじゃないすか」

「そのとおりだ。でも遊んでたんじゃねえよ」

そして澤田さんは鞄から写真を何枚か取り出して、テーブルに広げて見せた。

「こないだの写真を現像したんよ。凄いぜ！　見てみろよ」

と、初日にRMライフマートジムで撮影した、プンチャイ選手の左ミドルの写真を何枚か見せてくれた。僕は息を呑んだ。

左ミドルをミットに蹴り込む写真だが、肝心の左足が写っていない。別の写真では左ヒ

ザ下から消えている。何枚か似たような写真が続いて、最後の1枚がようやくミットの中心に深くスネが埋もれている写真になっていた。

「な、凄いだろ？」

僕は写真を凝視した。

「つまり、蹴りが速すぎて一眼レフでも左足が写らないってこと？」

「そうだよ！　こんな蹴り受けてみろよ。一発でアバラを持ってかれるだろうし、手で受けても腕が折れるだろ？　いやあ、予想以上にバケモノだよ、あいつ」

う〜む。僕は連日のユウキ選手の取材で、少しは本場のチャンピオンをビビらせることができるかもしれない、と期待していたのだが、この写真を見せられたら、やっぱり弄ばれて終わるかもしれない。

「でさ、そのプンチャイは昨日も結構キツ目のスパーリングやってたけど、そのスパー相手が凄いんだよ。あの、さっきの見えない左ミドルを、すんでのところでかわすんだよ。スゥェイバックっていうのか？　かと思ったら、やたらに速い前蹴りでプンチャイを吹っ飛ばすし」

それはタイスケのことだ、と僕には分かった。

「フ〜ン、そうなんですか」

あの最速で最強のテッサイをよけられるのか。僕はなんとしてもタイスケの試合を見なければ、と決めた。


タイスケは、なにを想ってこの国に残り、ムエタイ選手として生きていく覚悟を決めたんだろうか。

「あそこでは、日本では、俺は生きていなかったんだ。この国のリングで試合した時に、俺は生きてるんだって分かったんだ。だから俺は日本へは帰らない」

タイスケのムエタイ漬けの4年間。

それにひきかえ僕は、会社の希望退職に申し込んで得た退職金で、半年間もフーテンのように過ごした。退職金と貯金が尽きたら、かつて下請けで仕事を流していた業者の社長に頭を下げ、清掃員の日払いバイトで喰いつないだ。運よく雑誌に掲載された文章が編集長の目に留まり、零細だが出版社に再就職することができた。

つまり、努力することなしにのらりくらりと生きてきたのだ。この4年間、僕は自身の遍歴を誇らしくタイスケに語れるだろうか？　そんなわけないだろう。

今回、どういう形であろうと会って戸惑うのは、奴ではなくて僕の方かもしれない。僕は、左の尻ポケットに入れたマウスピースを取り出して、口にはめ込んだ。血の焦げた臭いが内側から鼻孔を刺激して、吐きそうになった。

全ては、ここから始まっているのだ。デビュー戦前日の眠れない夜に噛んで、4年前に初めてタイ人と闘う前に噛み、今の出版社の面接を受ける際、震えるヒザを止めるつもりで噛みしめたマウスピース。ビビっている時や迷っている時には必ず口にはめ、血がにじむまで噛みしめてから、覚悟を決めて動いた。今回も右上の差し歯が抜けそうで不安定だけど、思いっきり噛んだ。そして浴室に入り、洗面台のシンクに勢いつけて吐き出した。

僕だって砂を噛んで前進してきたんだ。なにを恥じる必要があるんだ。

ユウキ選手の試合前日に、英文字のメールが届いた。アリージャさんからだ。タイスケの試合は6月4日の3時からで、場所はクロントゥーイスタジアム。タイスケは8試合目のメインに出ると書いてあった。6月4日、つまり今日だ。僕は時計を見た。5時半を過ぎていた。

情報が遅えよ、と携帯に怒鳴りそうになったがこらえ、僕はホテルを飛び出してタクシーを捕まえた。クロントゥーイスタジアムは小学校で、そこの体育館を会場にしているらしい、と運転手は教えてくれた。

「コップーン」と言って運転手に千バーツ札を渡し、タクシーから降りた僕はその会場の受付に走っていった。自分はアリージャさんの招待だと伝えると、受付のお姉さんはすんなり通してくれた。

6時を回っていたが、タイスケはメインならまだ終わっていないはずだ。客席は意外と広くてリングもかなり遠かったが、試合をしている様子は歓声で分かった。座席、といっても長椅子が不規則に並べられていて通りにくい。僕は立って熱狂している観客を縫うようにすり抜けてリングに近づいていった。

急に歓声が倍の大きさになり、観客が一斉に足を踏み鳴らしたので、僕は驚いて転んだ。そのまま転がるようになんとかリングサイドに辿り着き、リングを見上げた。見覚えのあるフォルムが、リング中央で土下座してコウベを垂れている。ダウンのカウントが始まっていた。

折りたたまれた長い手足と、アバラが浮き出た体幹。このコウベを垂れている選手が、タイスケと分かるまではそう時間が掛からなかった。

　僕は長椅子に座り、隣の少年に尋ねると、今は3ラウンドだと教えてくれた。カウントが数えられると、奴はゆっくりと顔を上げた。左眉上からは血がぽろぽろと流れている。右頬も切れているのか、血が滲んでいる。

　電光掲示板を見つけた。ラウンド終了まであと40秒だ。カウント5で奴は身を起こし、カウント7でゆらっと立ち上がった。身体を左右に揺らしながらファイティングポーズを取ったが、どう見ても満身創痍だ。

　相手はどうか。ニュートラルコーナーで再開を待っている試合相手の顔は傷ひとつなく、余裕たっぷりにも見える。


　タイスケは続行の意思を示し、試合は再開された。対戦相手は奴より頭ひとつ分身長が低い。あどけなさの残る顔つきはたぶん10代だろう。しかし足首のサポーターや、上腕にはめたパープラチアットは、かなり年季が入っている。そして、キビキビした動きから放たれるテッサイやローキックはやたらに速く、重い。

　その速く、重たい蹴りをタイスケは受けきれずに、貰うたびに身体は左右に泳いでしまう。顔にも焦りが見える。コーナーに寄りかかったタイスケに、相手はチャンスとばかりに詰め寄り、バックハンドブローで奴のガードを弾き飛ばした。畳みかけるようにパンチからローのコンビネーションで仕留めに掛かったところで、ラウンド終了のゴングが鳴った。

セコンドに抱えられてコーナーに戻るタイスケに、僕は声を掛けていいのだろうか。奴は今、必死に闘っている。このタイミングで「よぉ久しぶり」など言えるはずがない。どうしよう。セコンドはジリ貧のタイスケに、最適なアドバイスを掛けられるのか？　しかし僕もキックを離れて2年経つ。なんて言えばいいんだ。僕がもしセコンドだったら、どうアドバイスできるだろう。

僕は改めて座り直し、隣の少年が持っているゲラ刷りの対戦表を見せてもらった。タイスケの写真を指さし、少年に読んでくれと頼んだ。

「チャイスキー・ウォーギアット　ＰＶＴＶバンタム級王者　戦績97戦64勝33敗」

聞いたことのないマイナー団体だが、チャンピオンなのか。しかもバンタムに階級を下げている。4年間で100戦近く闘っているタイスケの身体は、もはや日サロ焼けでなく、ナチュラルに褐色で鶏の手羽先みたいだ。

4ラウンドのゴングが鳴った。タイスケは、猫背のアップライトで前足をトントン弾ませるスタイルは変わらない。のっそりと相手に近づいて、前蹴りで突き放す立ち上がりも、変わっていない。変わったのは、サウスポーの構えになっていた。相手は巧みに左右にダッキングして、タメを効かした時間差の右フックを振り回す。顔を先に振って、後からパンチが飛んでくるフックで、これは避けづらい。タイスケはまともに喰らって、顔が真横に向いた。この選手も実はパンチ主体のブルファイターだ。ここではムエマッドと言われていて、僕もその部類だった。なんだかんだ、タイスケは僕のようなスタイルは苦手なのだ。

右フックが効いたらしく、タイスケはたたらを踏んで下がっていく。そこを逃がすまいと相手は突進して、さらに左右フックを振るうのだ。

「首つかんじまえ！」

と僕は叫んだ。

タイスケはピクっと反応して、咄嗟に相手の頭を抱えて、そして左右にぐるぐると揺さぶり始めた。やった、と思った。これで奴は巻き返せる。

しかし隣の少年が「あー、ダメだよそれやっちゃ」と呟いたと同時に、タイスケは真下から引っかけるようなアッパーを貰ってしまった。ゴッッと鈍い音が響き、奴のアゴは跳ね上がり、血しぶきが霧吹きのように空中に噴霧された。

ズルッと奴の身体は落ちかけたが、右手をロープに引っかけ、左手は相手の首に巻き付けて踏ん張った。ダウンは免れたが、ふくらはぎがぴくぴくと痙攣《けいれん》している。少年が「さっきのダウンもチャイスキーがゴッ・コーに入った時に、今のアッパーを貰って倒れたんだよ」と教えてくれた。そうか、奴はここでは「チャイスキー」なのか。


相手は蹴りもパンチも強い、変則的な攻撃で避けづらいうえに、組み付くとアッパーが飛んでくる。なす術がないじゃんか。タイスケは相手に引き剥がされ、強引にコカされた。

「チャイスキー、勝てないかな?」

と少年に訊いてみた。

「分かんないよ。ただ、このままじゃ敗けるね。相手の方がパンチもキックも強いから」

「じゃあ、チャイスキーがあの相手に勝《か》っている攻撃ってあるかな?」

「それはヒザだね。チャイスキーは足が長いから、遠い距離からヒザをぶち込めば相手は嫌がるんじゃないかな？」

と少年は即答してくれた。

僕は少年に礼を言い、リングサイドに詰め寄って、

「タイスケ！　ヒザ飛ばせ」

と叫んだ。奴は僕の声に振り返った。そして、塞がった両目を見開いて、あぁっと小さく叫んだ。

僕は引き続き、

「離れろ！　くっつくとアッパー飛んでくるぞ。パンチにヒザを合わせろ！」

と叫んだタイミングで、相手の体重が乗った右ストレートが伸びてきた。

それはタイスケの顔面中央に命中して、奴は後方にのけ反ったが、同時に放った左ヒザは、グローブ越しに相手の顔面にめり込んだ。溜めをつくったタイスケのヒザは、グローブ越しでも効いたのだろう。相手はきりもみ状にもんどり打って、リングに転がった。

歓声があがった。ニュートラルコーナーに戻されるタイスケだが、ヒザが笑っていて、

平衡感覚も失っているのか、上体は大きく右に傾いだままコーナーにもたれかかっていた。

僕は衝動のままにニュートラルコーナーに走っていった。そして、

「よく聞けよ！　相手はヒザにビビッてるから、残り時間はジャブだ。ただ顔に右ジャブをパチパチ当てろ。そしてインロー。なおも寄ってきたらテンカオだ！　組まないヒザを飛ばせてみろ。分かったな！」

と僕は言った後に、いきなり誰かに羽交い締めされて後ろに引きずられた。

当然だが、公認のセコンド以外のアドバイスは禁止なのだ。僕を会場からつまみ出そうとする警備員に向かって、

「俺はアリージャ・ムンバイの招待客だぞ！　そんなふうに扱っていいのか！」

と叫ぶと、ごつい体格の警備員2人は手を緩めた。僕は拘束を振りほどき、再びリングに走っていくと、4ラウンド終了のゴングが鳴った。

僕は堂々とタイスケのコーナーに行き、セコンドに、

「パンチが足にきている。今のうちに相手に見られないように回り込んで足ほぐさないと」

と指示した。怪訝そうな顔で僕を見るセコンドに、

「コイツは、俺が日本にいた時のトレーナーだ。指示どおりに動けよ」

とタイスケは流暢なタイ語で指示をした。そして僕には日本語で、

「なんで、オマエがここにいるんだよ？」

「説明はあとだよ。それよりお前、パンチ貰いすぎだよ！　顔がジャガイモになってるぞ」

「懐かしいな！　ジャガイモはオマエの専売特許じゃねえか」

と奴は笑った。

笑うならまだ余裕があるな、と踏んだ僕は、

「いいか、よく聞けよ。次のラウンドでおしまいだろ？」

「そうだよ。ダウンは1回ずつだから判定は微妙だね」

と奴は答えてから、

「どうすりゃいいんだろ？　またジャブからテンカオか？」

と僕に訊いてきた。

「駆け引きできるか？　まだそんな余裕あるか？　なら、相手も次のラウンドを取るのに

向かってくるから、右ジャブから奥足ロー、左ミドルのフォローは、大振りの右フックだ。お前の得意なハンドボールのシュートのつもりで」

タイスケはプハッと笑って、

「それって、対角線のコンビネーションか？　ますます懐かしいな！　でも、ハンドボールは余計だよ」

こんなくだらないやりとりを永遠に続けたかったのだが、セコンドアウトと言われたので断ち切った。

「で、どーするよ！　対角線か？　ハンドボールか？」

と、なおも訊いてくるタイスケに僕は、

「知らねえよ。俺は2年も現場離れてんだよ。お前の好きなようにやれよ」

と突き放した。実際に僕は現役ではなく、単なる雑誌記者だ。

タイスケはちっ、と唾を吐くような仕草をして立ち上がり、両手のグローブで頬を強く叩いてから、いつものアップライトで相手に近づいた。最終ラウンドのグローブタッチを交わした直後、相手が右フックを振ってきた。タイスケはガードの上からも効いたみたいで、早々に両ヒザが泳いでいる。開始5秒で、いきなりピンチが来た。

相手はまたも、モハメド・アリのような変則的なステップで射程圏に入ってくる。タイスケはフリッカー気味の右ジャブを乱発して威嚇した。そのフリッカーをかいくぐった相手が放った攻撃は、奴のみぞおちを狙った右ストレートだった。グローブの先が隠れるほどに、パンチは腹に深くめり込んだ。タイスケはマウスピースを吐き出した。

これはやばいな。相手のパンチはまだ生きている。でも、タイスケのヒザだってまだ相手を殺せる。僕は「ヒザ合わせろ！」と叫んだ。

相手がフィニッシュブローのつもりで放った右ストレートに、奴は左ヒザを合わせた。相打ちになったが、それでもパンチよりヒザの方が遥かに強い。相手はトコトコと後退してコーナーに寄りかかった。

「タイスケ！」

僕は声が裏返るほどの大声を振り絞って、

「その距離でヒザだ。とにかくヒザ入れまくれ！」

もう、奴が出せる攻撃はそれしかない。

殴られても、ローを蹴られても、全て左右のヒザで打ち返すタイスケに「テーンカッオー！」のコールが鳴り響いた。相手のパンチもしこたま喰らっていたが、観客はタイスケのヒザ蹴りには「オーイ！」と合わせていた。自分の攻撃に観客が声で合わせる。この快感は、僕ですらも少しは知っていた。顔が変形しながらもヒザをひたすら放つタイスケは、恐らく最高に気持ちいいんだろうな、と僕はぼんやり考えていた。

そして終了のゴングが鳴った。タイスケと相手は互いに抱き合い、ひざまずいて合掌したが、2人ともその場に突っ伏してしまった。拍手はずっと続いていたが、レフェリーは業を煮やして2人を無理やり立ち上がらせた。

さて判定。僕は3ラウンドからしか知らないので、なんとも言えない。リングアナがマイクを取り、「判定は、ジャッジ3者とも48対46です」から少し間を置いて、「バンタム級新チャンピオンの誕生です！」と絶叫した。

相手方のセコンドが狂喜している。相手陣営とは対照的に、タイスケはうな垂れていた。PVTVという、聞いたこともない団体のベルトが相手の腰に巻かれていた。コミッショナーらしき初老の男性が表彰状を読み上げて、その選手を称えている。そして、グローブは外したものの、いつまでもリングに上がっていたタイスケに、3歳くらいの男の子が花束を渡していた。奴はその男の子を抱き上げて、ファンらしき客の写真撮影に応じている。

僕はリング下でそのやりとりを見て、大まかに成り行きを理解できた。

タイスケはバンタム級まで落としてマイナー団体の王者になり、今回は防衛戦で敗けてしまったと。花束を持ってリングに上げられた男の子は、恐らく奴の子供だろう。

そして、この試合が奴の引退試合だということも。それなら、さっきから僕の隣に立っている、アリージャさんよりひと回りデカい女性は、奴のカミさんなのか？

興行が終わり、全ての客がはけた後に、僕は控え室を訪ねた。タイスケはタオルを被ったまま横になっていた。僕は声を掛けようか迷っていたら、先ほどの男の子が、寝ているタイスケを揺さぶってタオルを剥がした。

奴は起き上がって、僕と目を合わせた。僕は最初に放つ言葉を決めていた。

「なんだよその顔、殴られすぎだろ。ガード下がる癖は抜けてないんだな」

「そうだよ。4年間ここでムエタイ漬けだったのに、なんにも進歩してねんだよ」

と奴は笑った。

「でも、ジャガイモの元祖にジャガイモと言われるとはな」

これには僕が笑った。

「にしても、お前まだ20代だろ？　引退、早すぎねえか？」

と疑問をぶつけた。

「いやあ、これがもう言うこときかねえのよ」

奴は自身のヒザを指さした。

「オマエみたいに、まともにローキックをカットせずに受け続けてたら壊しちゃったよ。どっちともじん帯は手術してるし、半月板も両方潰れてんだ。これ以上ムエタイを続けると普通に歩くこともできなくなんぞ、と医者に脅されたんよ。まだガキもちいせえし、さ来月にはもう1人生まれる。次の仕事ができなくなる前に、辞めちゃう方が賢いだろ？」

僕は、賛成も反対もできなかった。ムエタイで身体を壊したとして、ラジャやルンピニーの王者ならば引退後も保証されそうだけど、ローカルな団体の王者では誰も助けてくれないのは僕でも分かる。歩けなくなったら再就職もままならないし、奥さんと子供2人を養うのには、今が最適の引き際なのかもしれない。

「俺は、これから病院に行くよ、ここではアタマ縫ってくれるドクターはいないし、さっきのアッパーでアゴがおかしい。オマエとはもっと話したいが」

と奴に言われ、僕は、

「そうだな。ちゃんと診てもらった方がいいかもな」

と呟くように応えた。すると、奴は、

「そうだ。オマエいつまでここにいるんだよ？」

「俺？　明日がプンチャイのタイトル戦だから、それを取材して明後日には帰国するよ」

「その、試合が終わるのは何時くらいだ？」

「そんなの、進行次第だから分かんねえよ。でも4時から始まって8試合目のメインだから、遅くとも夜の8時には終わんじゃねえの？」

「じゃあ、前にオマエと入った駅前のマックで8時半ってのはどうだ？　今日は縫合やら検査やらで1泊するだろうけど、明日にはたぶんピンピンしてるよ。俺も4年ぶりにマック喰いてえし」

「あぁいいよ。あそこならホテルも近いし。もしお前が時間に来なかったら、そのまま入院したって解釈すりゃいいんだろ？」

「そうそう。あぁ、あいつリング禍で逝っちまったな、て思えばいいよ。じゃあ明日の8時半にマックな」

と奴が笑いながら話した時、救急車が到着した。

「じゃ、明日な」

とだけ言って奴は立ち上がり、ふらついた足取りで奥さん、子供と共に控え室から出ていった。

翌日の僕は朝から忙しい。まずタクシーを拾い、ユウキ選手を滞在先のホテルまで迎えに行く。車内からハンディカムを構えて、ラジャダムナンスタジアムに入るまでの足取りを追いかける。計量後のリカバリーも、全てカメラを背負いながらインタビューするのだ。

この工程のクオリティ次第で、TV局にアピールできるかが掛かっている。僕はインタビューは得意だが動画撮影は素人だ。澤田さんはプロのカメラマンだが、インタビューは酷い。互いにリスクを抱えた取材なのだ。

ユウキ選手は頬はこけているが、顔色は良さそうだ。減量もうまくいったらしく、インタビューを受けながら水を飲んでいた。いい画が撮れたと僕は思ったが、そもそも試合に勝たないといい画にはならない。

僕はユウキ選手に9日間密着して、かなり肩入れしている自分自身にこの時は気付かなかった。

到着初日に見た、プンチャイの左ミドルの衝撃を忘れてしまっていた。彼ならば、ユウキ選手なら、プンチャイを焦らすことができる。そして、日本では他団体の王者や、欧州の猛者たちの額を切り裂いた必殺のヒジが、ラジャ王者にも通用するかもしれない。本当に彼なら「神の階級」のベルトを巻くかもしれない。そんな淡い期待を、まるで身内のように抱いていたのだ。

しかし、それは幻想だった。計量時に向かい合った2人は、同じ人間とは思えないくらいに身体の迫力が違っていた。黒光りしたプンチャイの全身は、阿修羅のように殺気に満ちていて、目の前のユウキ選手を喰ってしまうかのように僕には映った。

肌が白いのは仕方ないが、アバラ骨が左右4本ずつ浮き出ていたユウキ選手の肉体は、どう見ても人間の域を超えておらず、表情も車中の自信に満ちていたそれとは違い、いまにも喰われそうな草食動物の佇《たたず》まいにも見えた。僕の今までの分析は期待であり、希望的観測にすぎなかったのか。

試合はすぐに終わった。ゴングが鳴り、ガードの隙間から覗き込むように睨むプンチャイは、ウンウンと頷きながらじりじり寄ってくる。ユウキ選手が牽制の右インローを出した直後、プンチャイは一気に距離を縮めたかと思うと、丸太を振り回すような重たいローキックを振ってきた。

ヒザでカットしたユウキ選手を体軸ごと崩したかと思えば、ハンマーで叩くような左右のフックを連打してきた。ガードが全く意味をなしていない。ユウキ選手は、プンチャイのパンチ1発ごとに上体が左右に揺れていた。

「逃げろー！」

とセコンドが叫ぶが、コーナーに閉じ込められたユウキ選手は、防御で精一杯だ。

顔面と脇腹を守るガードが、少しずつ壊されてゆく。プンチャイの低空から突き上げたアッパーが、ユウキ選手のグローブを上方に弾き飛ばした。

バンザイした格好でノーガードになったユウキ選手は、もう組み付くしか選択肢がないが、待っていたのはプンチャイの左ヒザだった。胃に突き刺さり、堪らず腹を押さえるユウキ選手に、プンチャイは待ってたとばかりに上下左右にパンチを散らした。対角線上に放たれたパンチは、ユウキ選手の顔面や腹の急所を的確に打ち抜いていく。

レフェリーストップと、セコンドのタオル投入はほぼ同時だったが、とにかく止められた直後にユウキ選手はコーナーを背に、ズルズルと身を落として前のめりに脱力した。

僕は仕事上、ハンディカムを手放さなかったが、ここまで凄惨なノックアウトの映像をTVで流せるだろうか？　しかもこのドキュメンタリーの主役は、目の前で担架に乗せられていて、まるで撲殺死体のように口を半開きしている中澤ユウキ選手だ。敗けるにしても、最後まで粘って惜敗とかならドラマになるが、初っ端《しょぱな》からメッタ打ちされて1分弱で失神KOじゃ、地上波では流せないだろう。

僕は相手コーナーで、同じくハンディカムを持っている澤田さんと目が合った。彼も同じことを考えていたに違いない。首を傾げて苦笑していた。

さて困った。試合9日前から取材を始めて、試合後の本人インタビューでストーリーを締めようと思っている。僕はユウキ選手の控え室にお邪魔した。幸い、担架で運ばれている時は死んだかと思ったけど、本人はベンチに座っていた。なんて声を掛けようか。

呆けたような、放心状態のユウキ選手は、グローブを力任せに外されるがままに、上体を左右に揺さぶられている。両手のバンデージをばらされたタイミングで、僕はハンディカムを片手に話しかけた。

「お疲れさま、大丈夫？　目とか、歯とか」

返事はない。こういう時は、なにから訊けばいいのだろうか。

「残念だったね。チャンピオンを肌で感じて、どうだった？」

聞こえているのだろうが、うんともすんとも言わない。会長さんが気を遣って、

「ほら、記者さんが訊いてるんだから、答えろよ！」

と叱咤した。

「ずっと、お前がお世話になってる人じゃないか、だから」

ユウキ選手は顔を上げた。

「ウルセーヨ!!」

　彼は裏声交じりで叫んだ。

「世話になっただと？　俺が世話してくれって頼んだのか？　オマエは、勝手にカメラ持ってくっついて来た、マスコミの末端にいるクズじゃねえか！」

　無口な印象だった彼が、一気にまくし立てた。

「だいたい会長もなんなんだよ！　今どきのラジャ王者なんて大したことない、お前ならヒジで切って勝てるなんて、それがこのザマだよ！　あんな重たいパンチなんて聞いてねえよ！　アンタだってそうだ！」

　彼は僕に向き直り、

「今の日本人はレベルが高いだの、キミのセンスならチャンプを本気にさせることができる、だと？　アンタ、先にプンチャイのジムに行ったんだろ？　あの攻撃を見ても、俺のセンスで勝てると思ってたのか？　本気で思ってたのか！」

　僕は答えに詰まった。正直、プンチャイの攻撃そのものは、ユウキ選手のそれと比べてもレベルが違うのを、僕は最初から感じていた。でも、それを試合前の選手に言えるわけがない。それにたとえ不利であっても、なにが起きるか分からないのが格闘技なのだから。

僕はなにも言えない。会長さんは、僕に対して申し訳なさそうに目配せをしている。全て言い切って吹っ切れたのか、ユウキ選手は唐突に泣き出した。裏声に金切り声が交じったなんとも耳障りな泣き声で「うおぉっ、うおぉっ」と1分ほど喚いた後、急に自分の太ももに嘔吐した。閉じた両足に吐しゃ物が溜まり、床にはそれが糸を引いて滴り始めた。

再び彼は泣き出して、口からは吐しゃ物、鼻からはいつの間にか鮮血がトロトロと流れ出して、それらが床でブレンドされていた。そのうちに彼は卒倒して、20分後には担架で運ばれていった。

僕はスタジアムの外で待っていた澤田さんと落ちあい、彼のレコーダーを預かり、澤田さんは僕のハンディカムを受け取り、それぞれの得意分野でチェックすることにした。それにしても疲れた。腕時計を見ると19時過ぎだ。僕はホテルにいったん戻り、荷物を置いてシャワーを浴びた。ホテルから10分ほど歩き、例のマクドナルドに到着した時は20時半を回っていた。

なにから話そうか。昨日の試合からにしようか、4年前、僕の前から消えてからなにしてた？　と訊けばいいのか。それはアリージャさんから聞いていたので知っていたが。結婚はいつしたのか、とか子供はいくつだ、とか。それとも、僕が日本に戻ってからの周りの変化を知らせた方がいいのか。唐木田ジムは女子ボクシングに占拠されたぞ！　とか。

いろいろ思い巡らせて、時計を見たら21時を過ぎていた。奴の30分の遅刻は想定内だ。奴も今では完全にタイ人だ。というかもともと遅刻の常習犯だ。

さらに30分が過ぎた。腹が立つよりも心配になってきた。まさか脳挫傷にでもなって入院しているとか？　だんだん落ち着かなくなってきたが、疲れが勝《まさ》ったのか僕はいつの間にかうたた寝していた。

携帯のメール音で目が覚めた。時間は22時45分で、4年前と同じく淋しい民族音楽が店内に流れていた。奴からのメールだった。

「悪い悪い　俺の引退お疲れさんパーティーをファンがやってくれてさ　酒呑みすぎてオマエとの約束　すっかり忘れちゃった　悪い悪い」と書いてあった。

閉店10分前になると、店員はわざとらしく目の前で床にモップを掛け始めた。間接的に追い出そうとするのに抗えず、僕は店を出た。改めてメールを読んで、この仕打ちには当然に腹が立ったが、すぐに治まった。妙に納得、というか安心したからだ。

全くもってタイスケらしい、奴は全く変わっていなかった。

# 第4章　マイペンライ

乾季。

暑くてもカラカラなんてアラブの砂漠しか思い浮かばないが、それがなんでオンシーズンなのか。この国の季節は3季しかない。暑季と雨季、そして乾季だ。僕が過去2回訪れた時期は、共に5月の下旬だ。暑季から雨季に移る時期だったので、蒸し暑かった記憶しかない。つまり、その時期はオフシーズンだったということだ。

「ハワイみたいなものよ」

と、今は僕の左隣でうたた寝している彼女は、チェックイン時にそう教えてくれた。

「確かに暑くて日差しはキツイけど、木陰に入るだけで涼しいのよ。空気が乾いてるから」

もちろん僕はハワイには行ったことがない。


3度目のタイ訪問。初めて自腹で乗った国際線は日系の航空会社だった。7時間の渡航時間がこんなに快適だとは。あと20分ほどで、スワンナプーム国際空港に着陸する。

カタンと軽い衝撃だけで、後はスーッと滑走路を走り、機体は止まった。LCC機とは雲泥の差だ。ドーン・ムアン国際空港と違って機体と入場口は連結されているので、今回は深呼吸をしなかったし、する意味もない。

今回の旅行にあたっては、僕と彼女で双方、譲れない事案があった。彼女としては「天国に一番近い島」プーケット島にはどうしても行きたい、と。最低でも2泊はしたいと言って譲らない。僕としてはなるべくバンコクに長く滞在したかった。結局、初日からの2日間はバンコク滞在にして、残りの3日間はプーケットに移動してリゾートを満喫する、というプランに落ち着いた。

試合で来た1回目はユースホステル、取材の2回目はビジネスホテルに泊まったが、今回は初めて三つ星のリゾートホテルに滞在した。ウェルカムドリンクがおいしいとか、バスタブとベッドルームが筒抜けだとか、そんなことはどうでもいい。僕は到着した夜の晩酌はそこそこにして、ガイドブックをつぶさに見る彼女を尻目に、早めにベッドに横になった。いくら日系のビジネスクラスといえども、7時間のフライトで疲れていたのだろう。目を閉じた数秒後には、僕は吸い込まれるように眠りに落ちた。

窓からの強烈な朝日がまぶたを通過したため、僕は目覚ましなしで起きることができた。時刻は8時半か。僕は頭の中で、今日の行動予定を12時から逆算して自分の動き方を練った。開場は12時。MRTというバンコクの地下鉄を乗り継ぎして駅からタクシーで約20分。

迷うのも計算に入れても11時半にはタクシーに乗りたい。MRTは1時間掛かるとして、10時半には駅に着いてないと。
いろいろと考えて、気が付いたら1時間も過ぎていた。僕は急いで着替えて、まだ寝ている彼女を揺さぶり「たぶん、明るいうちに戻るけど、酒が入ってたらゴメンね」とだけ言い残し、いそいそと部屋を出た。

ホテルからのべ2時間半かけて、バンコク郊外にある「ヌアポーラン・スタジアム」という、町営の公会堂を大きくしたような会場にやっと辿り着いた。入場料500バーツを支払い会場に入ると、急に蒸し暑さを感じた。懐かしい臭さは記憶を呼び起こし、僕は6年前のクロントゥーイスタジアムを思い出した。

あの海外取材から戻って、僕の周辺はある程度だが変わってしまった。
澤田さんは、アフガニスタンの現状に居ても立ってもいられず、翌年には出版社を辞めてカメラを抱え、中東に行ってしまった。僕らは初めの1年間はメールでやりとりしていたが、ある時から返信が途絶え、今は彼がなにをしているかは分からない。お陰で僕は彼のポストに収まったが、その後は昇進していない。

ラジャ王者に叩きのめされた後、僕に逆上して吐き、救急車で運ばれた中澤ユウキ選手は、日本では一時的に時の人となった。僕らがＴＶ局にダメ元で持ち込んだ企画が奇跡的に通り、東北ローカル局から全国放送に拡大したのだ。もともとの端正な顔立ちと、試合後の感情が爆発するギャップが反響を呼び（もちろん嘔吐のシーンはカットされた）一気に彼は世間の注目を集めて全国区になった。その後は約３カ月間、スポーツ番組やバラエティなどに引っ張りだこになったが、真面目な彼はその後司法試験を受けて、今は法曹界に身を置いているらしい。

唐木田ジムのかつての看板選手・トシキさんは３年前に引退して、新たにキックボクシングのジムを開設した。しかし昨今はキック人気が下火になり、苦戦している様子だ。代わりに打撃も投げも関節技もなんでもありの、ＭＭＡと呼ばれる総合格闘技が盛り上がってきているので、僕が勤める出版社も立ち技オンリーからＭＭＡも含む雑誌に鞍替えした。ＭＭＡは僕にとって専門外だ。それについては僕の同僚でもある彼女の方が詳しい。僕は社内でもプライベートでも彼女より立場が弱い。

僕はと言えば、ふくよかになった。誰でも格闘技を引退したら、高い確率で現役時よりも10kgは増える。僕も例に漏れず今では10kg増しのミドル級だ。それ以外は特に変化も進歩もないが。

試合会場に置かれたパイプ椅子の席は、自由席らしいがバラバラに置かれていた。僕は迷わずに青コーナー側の最前列に座った。なんの装飾もない会場だが、いつもの民族音楽は大音量で流れていた。

照明が消えた。試合が始まるみたいだ。スポットライトが青コーナー側から入場する選手を探している。照らされた選手の顔はオイルで反射していてよく見えないが、やはりまだ顔立ちは幼い。身長は僕と変わらないだろうが、顔の小ささと手足の異常な長さは、間違いなく父親譲りだ。

その父親、タイスケは選手の後ろに貼り付いて歩き、時折耳打ちをしている。デビュー戦で緊張しているだろう息子に、アドバイスでも送っているのか。

タクティン・ウォーギアアット選手は、リング下でタイスケにモンコンをつけられて、合掌しながらなにか口ずさんでリングに振り返った。いい面構えをしている。さて、相手はどんなんだろう。赤コーナーの選手が入場してきた。

身長はタクティン君の方が勝っているが、やけに筋肉質で、肩の三角筋は丸みを帯びていて体操選手みたいだ。パンチが強いのかな？　パンフを見ると、13歳で3戦2勝1敗か。

僕はそおっとタイスケに近づき真横についた。挨拶もせずに、

「おい。お前の息子は勝てんのかよ？」

と訊ねた。奴は振り向き、目を丸くしたが、

「あ、あぁ。相手は4戦目だし、年も4つ上だけど、俺の息子だぜ？　天才のDNAを引き継いでるから」

「そうか、もう9歳になるのか。で、ムエタイはいつからやらせてるんだ？」

「俺がやらせたんじゃないよ。あいつが3歳の時にやりたい、と言ったんだ。俺の引退試合の翌日かな。オマエも見た試合だよ。あっ！」

僕も驚いた。

「どうした？」

「そう言えばあの時、お前とマックで会うのをすっぽかしたっけ！　いやぁ悪い悪い」

僕は溜め息をつき、

「うるせえよ。それよりもタクティン君だっけ？　目の前の試合に集中しろよ。デビュー戦だろ」

「いや、あいつは大丈夫。俺の子だから天才だし。たぶんKOかダウンとって勝つよ」

タクティン君のワイクルーは、父親と違って丁寧で美しい舞だった。腕のパープラチアットも似合っていたし、生粋のタイ人にも見える。まだ成長期前で筋肉はほとんどついていないが、長い手足と尖ったヒザはいかにもムエタイ向きの体形だ。

ゴングが鳴った。身長とリーチこそタクティン君が勝っているが、とても同じ契約体重とは思えないくらいに、向かい合った2人は身体の厚みが違っていた。相手は一発一発がコンパクトだけど、当たればなぎ倒すような迫力がある。それでもタクティン君はリングを広く使って、懐に入れさせない。デビュー戦にしては老獪《ろうかい》な動きで、時折放たれる左ミドルは柔らかくしなって相手の身体に巻き付くようにヒットする。

「ミドルうまいなぁ」

と僕が呟いたのを聞き逃さずに、

「だろう？　死ぬほどテッサイはやらせたからね。あの力の抜け具合、タメの少ないモーション、最高だろ？」

奴は息子の試合は見ずに、さんざん自慢していたら3分はあっという間に終わった。


相手がパンチをぶん回し、タクティン君がサークリングしながらたまにミドルを入れる、という展開が2ラウンド目も続くかと思いきや、強引に距離を潰してきた相手にコーナーまで押し込まれた。タクティン君は急にピンチを迎えた。四方八方にガード上から打ち込まれて丸くなるタクティン君。タイスケは青ざめていた。

「逃げろ！　フック引っかけて身体入れ替えろ！　でなきゃ組め。組んでヒザだよ！」


父親の声が聞こえたのか、タクティン君はグローブで相手の首を挟み、左右に揺さぶりながらヒザをバチバチとぶつけ始めた。この動きはタイスケにそっくりだ。連打しているヒザのどれかが効いたのだろう。組まれた相手はガードを下げ始めて、お腹を守っている。チャンスだ。

「顔あいてるよ！　ヒジ入るぞ。ティー・ソーク！」

「そいつぁ駄目だ」

と奴は僕の絶叫を遮った。

「中学生以下はヒジ禁止なんだよ！」

「知らねえよ！　なら先に言えよ」

と僕は言い返した。なんか楽しくなってきた。


なんとか2ラウンドを凌いだタクティン君は最終3ラウンド開始後、多彩な攻撃を見せてくれた。左ミドルをわざと空振りさせて、相手が飛び込むタイミングを狙って上体を旋回させ、カウンターでバックハンドブローを当てたのだ。相手はコテンと横倒しになった。僕が現役時代、さんざん練習しても試合では1回も決まらなかったバックハンドブロー。この場面で出すか？　と僕は舌を巻くしかなかった。他にも空手の浴びせ蹴りのような捨て身の蹴りや、手を下についてのハイキックなど、タクティン君は非凡な印象を見せてくれた。


結局、彼はバックハンドブローで獲ったダウンが評価されて、フルマークの判定勝ちとなった。タイスケは、

「祝勝会するぞ！　オマエも来るんだよな？」

まだ他の試合が残っているのに、さっさと現場を引き揚げようと荷物をまとめ始めた。

シャワーを浴びてきたタクティン君を急いで着替えさせ、タイスケは、

「まずはここをずらかって、飯でも喰いに行こう。で、オマエってバンコクにいつまでいるんだ？」

「えーと、昨日の夕方に到着したけど、明朝には国内便でプーケットに行く予定だよ」

「ふーん、そうか」

と奴は消え入りそうな声で呟いた。

「今日だけなのか」

「飯だけど、パイナップルチャーハンのうまいトコ知らねえか？　まだ食べてないんだよ」

「それは知らねえ。でも、パッタイのうまい店なら知ってるから、そこにしよう」

うむ、パッタイか。まぁ良しとしよう。奴がうまいというなら間違いない。

タイスケと奥さん、そしてタクティン君とその妹、あと僕を足した5人は、奴の運転するハイエースに乗って、バンコクの中心街、カオサン通りに向かっていった。

聞きたいことは山ほどあった。僕はタイスケらと入った屋台でパッタイを頬張りながら、

「で、お前って今はトレーナーなのか？　去年貰ったメールではジムを開いたって聞いたけど」

奥さんが下を向き、一瞬気まずい空気になった。

「あぁ、確かに貯めた資金で、去年の2月にジムを開いたよ。でもさ、会計を任せていた仲間に開業資金と、あと練習生の入会金と月謝を全て持ち逃げされたよ。残ったのは開業時の借金だけでさ。しょうがないから、15人ほどいた練習生はみんなよそのジムに移籍させてさ、結局は半年で畳んじゃったよ」

僕は返答に窮《きゅう》した。奴は笑っているが、奥さんとタクティン君は神妙な面持ちだ。

「本当に血は争えないっていうかさ。実は俺の親父、個人で水道屋をやってたんだ。で、仕事仲間におだてられて会社作ったら、そいつらに売り上げ全て持ち逃げされて借金生活だよ。親父がヤケ酒呑んでいる間に、お袋が働いてコツコツ借金を返してた。同じことが憶えているだけで2回はあったね。結局、酒を呑みすぎてカラダ壊して死んじまった親父を見て、絶対にあぁならないぞって決めたのに、気が付いたら同じ轍《てつ》を踏んでいる。本当に自分に呆れたよ」

僕は、奴がさらりと身の上を話してくれたことに、なんだか複雑な気持ちになった。

「あ、でも俺は酒には逃げなかったよ！　借金だってもう半分は返し終わったし。タクティンは今日からムエタイ選手だけど、下の娘はまだ6歳だ。まだまだ働かなきゃ。今はアリージャさんの下でコキ使われてるよ。昼間は店に出て、プラッター乗って荷下ろししているし」

と笑ったので、ここには僕も笑った。

＊

僕は僕で、タイスケのいない日本の10年間を、さくさくと編集して話した。

「で、オマエは新婚だろ？　ハネムーン2日目で別行動なんて、オマエら大丈夫か？」

「ああ。彼女も同業者だし、互いにプライベートを尊重しようってことよ」

「なーんだそれ？　今どきのカップルってか？　それがオシャレなのか」

あと数時間で、僕はホテルに戻らなきゃならない。ああなにかもったいない。このまま懐かしい話をして終わるのか。それでいいのか？

「おい、お前はRMライフマートジムのトレーナーだよな？　今日はジムは開けてんのか？」

「今日は金曜日だから、休みだよ」

「ジムの鍵とかは預かってんの？」

「そりゃもちろん」

僕は、肚《はら》が決まった。

「こっからは、ジムは近いよな？　そこに連れてけ。そしてジムに入らせろよ」


日本では、僕は傍若無人なタイスケに振り回され続けた。今、奴が住むバンコクで僕は初めて奴を振り回している。ジムに入らせろとごねる僕に、せめて家族は自宅に帰したいと困惑するタイスケ。僕はタクティン君だけ同行させろと命じた。

奴の住む市営住宅の前で、奥さんと娘さんを降ろしたタイスケは、

「コイツは試合終わったばっかだから動けねえよ」

とタクティン君を指さした。

「そんなの分かってるよ。お前の息子にはなんにもさせねえから。ただ、証人として見てもらいたいだけだよ」

「証人？　なんのだ？」

奴は僕を訝った。僕は必死に笑いをこらえて、傲慢に振る舞った。ジムに到着すると奴は鍵を開け、僕を中に入れてくれた。


改めて嗅ぐ、汗とナンバンサイカチと消炎剤の入り混じった聖なる悪臭だ。僕は鼻孔を広げてそれを吸い込み、壁に吊るしてある12オンスのグローブを手に取った。そしてポケットからマウスピースを取り出して、口にはめた。装着したグローブの感触を確かめながらロープを跨いだ。唖然としているタイスケに、

「早くリングに上がれよ。お前との最後の勝負すんから」


タイスケの心底驚いた顔を見て、僕は我慢できずに吹き出した。

「オマエさ、呑んでないのにどうしてそんなハイなんだ？　俺とスパーリングするのか？」

「スパーリングじゃない。勝負だよ。俺らまだ決着ついてないだろ？」

「勝負って、オマエ引退して何年経つんだ？　そんなぶよった身体で、俺に挑もうってのか？」

タイスケの表情も柔らかくなった。タクティン君は、大人ふたりの不穏な行動を黙って

見守っていた。

「やめとけよ。俺は引退して6年経つけど、ずっと現場にいるんだ。オマエは不摂生なサラリーマンだろ？　俺も怪我させたくないし」

「なんだお前、怖いのか？」

奴の右眉がピクッと動いた。

「お前はなんだかんだ、俺みたいなムエマッドが怖いんだろ？　俺は体形はこんなんだけど、職場では『お茶の水のブルドーザー』と言われてんだ」

奴は溜め息をつき、やがて苦笑した。

タイスケは僕にヘッドギアを投げた。

「せめてそれはつけろ。五体満足で帰国したいだろ」

奴はヒザに分厚いサポーターをつけ、両足にレガースをはめた。

僕は不安そうに見ているタクティン君に、

「リングには上がらんでいいから、ジャッジよろしくね。君のパパにムエタイ教えたのは、俺なんだよ」

リングに上がったタイスケは、

「適当なことを言うなよ！　どうせコイツは日本語分からんけど」

「日本語は教えてないのか？」

「もちろん。教えたって意味ないだろ？」

「あとよ、気になってたんだけど」

と、僕は訊ねた。奴は、

「あぁ？　いまさらなんだよ」

「タクティンって、なんだ？　なんか意味でもあんのか」

奴はフンと鼻で笑い、

「意味か？　タクティンはカマキリだよ。おーいゴング鳴らせ！」


タクティン君が鳴らしたゴングと同時に、僕は一気に踏み込み、奴の顔面めがけて右フックを思いっきり振った。一気に踏み込んだつもりだが、案の定下半身がついてこない。僕は自分の振ったパンチに引っ張られて、転倒してしまった。

目の前で勝手に転んでいる僕を見て、

「だからやめとけよ。気持ちは20代の現役かもしれんが、身体はおっさんなんだから」

そう言われた僕は、頭に血が昇った。

決してスピードは上げていない。しかし、僕の意に反して下半身が錆びついているのか、上半身に全くついていかない。ブランクとはこんなモノか。かろうじて動く両手を交互に振り回すが、全く奴の身体には届かない。

「地獄の風車だな！　でも回してるオマエが地獄だろ」

とタイスケはからかう。僕はますます沸騰した。

タイスケはひらりと身をかわして、なんの攻撃も出さない。僕が追いかけ、奴がいなす。全くもって腹立たしい展開のはずなのだが、なぜか楽しい。試合じゃないし、奴も真剣に付き合ってもくれない。でもなぜか楽しい。

試合では、対戦相手は僕を殴り殺そうと案を練り、実行してくる。それに対し僕も、殺されまいと必死に抵抗して、あわよくば殺し返そうと手足を動かす。そのプロセスが楽しかったのだ。でも、今は本当の試合じゃないのに、こんなにも楽しい。これは単純に僕が劣化したからなのか。

息が上がってきた。まだ2分も経っていない。でもやっぱり、1発当てればもっと気持ちイイだろうな、と僕は思った。両手を伸ばして肩を押さえ、タイスケを無理やりコーナーに押し付けて右ストレートを放ったら、当たった！　奴のアゴが跳ね上がったのを見て、僕はラッシュをかけた。頭を押し付けて、地獄の風車を高速回転させた。

しかし僕は首を引っかけられて、クルリと回り込まれコーナーを背にした。奴はススと距離を置く。

「逃げるな！　ヤァ・ウィニー！」

と僕は奴を追いかけて、再びコーナーに詰めこむ。ああ楽しいなぁ。こんなにも楽しいキックを、なんで辞めちゃったんだろう。

楽しかったのは試合だけじゃない。30分ぶっ続けの首相撲も、ミットにミドル10連打も、リング上のサーキットも、スパーで歯を折られた経験も、全て楽しかったのだ。

あの日、なぜ僕は偶然見つけた唐木田ジムに、吸い寄せられるように入っていったんだろう。淋しかったからでも、空しさを埋めたかったからでもない。ただ「楽しそう」だったから、ジムの扉を開けたのだ。僕は直感を信じた。そしてそれは大正解だった。

目詰まりしたシャワーヘッドからは、給湯器が壊れているのか水しか出ない。出窓に積まれている幾多のパンチンググローブ、スポンジがはみ出たキックミットに、狂気のごとく左ミドルを蹴り込むトシキさん、太ったティーヌンさんに首相撲でいいようにコカされる僕。隙を見て、練習生の女の子の尻を触ろうとするタツミさん。片隅ではセメント袋にコツコツとスネを当てているタイスケ。全てが完成された、僕にとっては楽園そのものの空間だ。

ん？　セメント袋？　そんなもんジムにはなかったぞ！　セメント袋は確か空手の道場だったはず。そのタイスケ本人は空手の道着を着ている。そんな馬鹿な！　僕も道着を着て首相撲をやっている。ティーヌンさんも道着だが、頭にはモンコンが。

いろいろと時系列がおかしいし、景色が混在している。ここはどこだ？　そして僕は誰だ？

混乱が僕の脳内を巡っていたが、ある瞬間、全体を覆っていた「もや」が一気に晴れて、新しい景色が眼前に広がった。

僕の前に現れた新しい景色は、青。なにもない青一色に独占されていた。

水色と言うには濃すぎる青。コバルトってこんな色だろうか。僕は数秒間考えて、自分が見ている青は空だ、と理解した。でも、なぜに青空が？

「ここはどこなんだ」

となんとか声に出せたが、右隣でキャアッと叫ぶ声が耳に届き、僕は驚いて身を起こした。右を向くと、水着姿の彼女がこっちを見ていた。

彼女は口を開けて、目を丸くしている。恐らく僕も同じ表情だろう。ようやく出た言葉は、

「あの、なんで俺、ここにいるの？　そもそもここはどこなの？」

「本気で言ってるの？　昨夜からボーッとしていて、ずっと心配してたんだから！」

と彼女に怒られた。僕は僕で、上半身裸でサーフパンツ姿だ。背中に張り付いた砂がやけに熱いので手で払い、僕は辺りを見回した。ここはどうやらプーケット島のビーチらしい。

「本当に昨夜のこと、なにも覚えてないの？　アナタがよく言っていた、タイスケさんがアナタを連れてきたのも、覚えてないの？」

彼女によると、昨夜は僕の携帯からコールが鳴って、出たらタイスケと名乗る人から、「あんたの旦那さん、間違えて気絶させちゃったんだ。今からそちらに送っていくんで、ホテルを教えてくんないかな？」

と言われたらしい。彼女はとりあえず冷静になり、ホテル名を教えたら、20分後にはエントランスにハイエースが着いていた、と。

「タイスケさんって人、アナタが言ってたぶっきらぼうで気分屋ってイメージと違ってたけど」

と彼女は言った。

「すいませんでしたって、丁寧に謝ってたよ。スパーリングしてたんでしょ？　それでタイスケさんがヒザを出したら、偶然にアナタの顔に当たって失神させちゃったって。本当に全部、抜けちゃってるの？」

僕は右の頬の腫れを触って確かめた。

「そうだね。まぁ本当に失神したんなら、覚えてるわけないじゃんか」

と反論したが、

「だってその夜は自分でシャワー浴びて、朝も自分で起きて朝食も食べて、荷物もまとめて飛行機に乗ったんだよ。もともと無口だから気にならなかったけど、パンチドランカーにでもなったんじゃないの？」

と、彼女は畳みかけてきたので、抗うのはやめた。

白昼夢だか夢遊病だか知らないが、僕はとにかく戻ってきたんだから、それはそれで良しとしよう。考えたって、どうしようもない。

それにしても、奴とはまともなサヨナラができないのか。これで3度目だ。

ホテルの1階にある、オーシャンビューの屋外レストランでサイダーをすすりながら、タイスケと入ったバンコクの屋台で交わした会話を思い出してみた。とにかくパッタイがやたらにうまいので2皿目を注文した後に、僕は奴に訊ねたのだ。

「しかしお前、ビザもないしタイ語も全く話せないのに、よくこの国で暮らそうって決められたな」

「オマエはいつも慎重で、石橋叩いてばっかだからな。まぁだから日本でサラリーマンをやれたんだろうけど」

相変わらずの小馬鹿にした口調に、

「いいから質問に答えろよ」

「俺の行動はいつも行き当たりばったりだから、単になんとかなるって思っただけだよ。茨城の下妻から東京に出た時も、所持金は1万円だったけど、その日のうちにカオルと知り合って野宿せずに済んだ。ヒマだから下北をぷらぷらしてて、なにか面白いことねえかな、面白い奴いねえかな、と思ってたらオマエを見つけた」

僕はもっと話せと促した。

「会長からトシキさんのタイ遠征を聞いた時も、チャンスだと思った。傍にオマエがいたから、よしコイツも巻き込もうと考えて、あわよくばタイに住めるかな？　とぼんやり考えてたよ。そしたら、カオルと喧嘩して追い出された。これは、全てを断ち切るチャンスだと直感したんだ」

と一気に話し、ひと呼吸おいてから、

「でもオマエには心底申し訳ないと、今でも思ってんだよ」

「それはいいよ。で、今お前は引退してジムを立ち上げて、仲間に裏切られて借金まで背負ってる。傍から見たら面白い人生だけど、自分じゃどうなん？」

「楽しいね！　タクティンが生まれたのも、結婚も行き当たりばったりだけど、悪くない。どう転んでも、まあ生きていける。つまりは、マイペンライ《なんとかなる》ってことよ」

　空を見上げる。コバルトってもっと濃い色だよ、と彼女に言われたが、さすがに太陽は直視できない。気温は30度を超えているだろうが、ビーチパラソルの下では、むしろ浜風は心地よい。これがオンシーズンの乾季か。

　僕はどう頑張っても、タイスケのようには生きられない。今でも、石橋は叩かないと渡れない。奴は、

「プーケットはいいところだよ。あそこで過ごすと、日常の問題が全てちっぽけなモノに感じちまう。オマエは神経質だから、あそこで3日間、ずっと寝そべってればイイんじゃねえか？」

　タイスケから見ると、僕は神経質らしい。今、傍らでソルティドッグを飲んでいる彼女

に言わせると、僕ほど鈍感力の強い人間はいないらしいが。

確かに、日本にいる僕は息を詰めすぎて生きている。首コリと片頭痛もそれが原因じゃないだろうか。そう言えば、この国に来てからは片頭痛が全くない！

「どうせ日本に戻ったら、またキリキリした生活に戻るんだろ？　だったらプーケットで思いっきり緩めてから戻れよ。あそこならオマエも受け入れてくれるよ」

ふーん、と僕は感心した。タイスケは訝って、

「ふーんって、なにがだよ？」

と訊いてきた。

「いやあ、お前がプーケットを知ってるとは思わなかった。行ったことあるのかって」

奴は「俺？」と自身を指さした後に、ハモの目を細めて笑った。

「プーケットなんて知らねえよ。俺が行くわけねえじゃねえか！」

この物語はフィクションであり、実在の人物及び団体とは一切関係ありません。

著者プロフィール
竹村 リョウ（たけむら りょう）
1969年、東京都出身。
現在は神奈川県に在住。
様々な職業を経て、現在は介護職に従事。
本作がデビュー作となる。

# テンカオ

2023年1月15日　初版第1刷発行

著　者　竹村 リョウ
発行者　瓜谷 綱延
発行所　株式会社文芸社
〒160-0022　東京都新宿区新宿1−10−1
電話　03-5369-3060（代表）
03-5369-2299（販売）

印刷所　図書印刷株式会社


ISBN978-4-286-26070-9